Boyz 'n' Girls

Leuchtturm
NORTH
HARBOR
Klippen
Klippen und Strand
Lighthouse Road
Claire & Nina
Center
Sheffield
Pearl
Upper Exchange
Kreis
Church Street
Coast Road
Exchange
Camden
Center
Anlegeplatz
der Fähre
Bristol
South
Dock Street
Lucas
Zoey & Ben
Wellenbrecher
Town Beach
Jake
Aisha
Strand
Leeward Drive
Christopher

Katherine Applegate

Eine Rivalin für Zoey

Übersetzung aus dem Amerikanischen
von Angelika Eisold-Viebig

Arena

Über die Autorin

Nachdem Katherine Applegate das College abgeschlossen hatte, verbrachte sie ihre Zeit damit, in Cafés zu bedienen, zu tippen (ganz schlecht), Blumen zu gießen, mit ihrem Freund aufs Geratewohl von einem Ort zum nächsten zu ziehen und überhaupt ihre Zeit zu vergeuden. Als sie endlich genug davon hatte, hirnlose, schlecht bezahlte Arbeit zu machen, beschloss sie, dass es Zeit war, eine berühmte Schriftstellerin zu werden. Na ja, jedenfalls eine Schriftstellerin. Es stellte sich heraus, dass das die beste Entscheidung gewesen war, die sie hatte treffen können, denn das Schreiben erforderte weder körperliche Anstrengung noch unbequeme Kleidung und auch nicht die Fähigkeit mit Menschen zu reden, mit denen man gar nichts zu tun haben will.

Katherine Applegate hat vierzig Bücher unter ihrem eigenen Namen und viele andere unter Pseudonymen geschrieben. Sie hat keine Kinder, ist in keiner Organisation aktiv und auch noch nie eingeladen worden vor dem amerikanischen Kongress zu sprechen. Sie hat allerdings eine kratzbürstige Katze namens Dick und genießt es immer noch, mit ihrem Freund aufs Geratewohl von einem Ort zum nächsten zu ziehen.

Für Michael

In neuer Rechtschreibung

Titel der Originalausgabe: »Don't tell Zoey«
in der Reihe »Making Out«

erschienen bei Macmillan Children's Books, London, 1995

1. Auflage 2000

Aus dem Amerikanischen von Angelika Eisold-Viebig
Einbandgestaltung: Init, Bielefeld,
unter Verwendung eines Fotos von Jutta Klee
Gesamtherstellung: Westermann Druck Zwickau GmbH
ISBN 3-401-05022-2

Zoey

Was Liebe ist? Wenn du mich das vor einem Jahr gefragt hättest oder sogar noch vor sechs Monaten, hätte ich wahrscheinlich geantwortet: Liebe ist, wenn man sich völlig an einen anderen Menschen verlieren möchte. Ziemlich kitschig, was? Damals habe ich versucht einen Liebesroman zu schreiben, das erklärt vielleicht meinen Geisteszustand. Damals bin ich auch noch mit Jake gegangen, der zwar ein netter Kerl war, aber nicht gerade meine Knie zum Zittern gebracht hat.

Was Liebe ist? Jetzt würde ich sagen, dass Leidenschaft zwar nicht unwichtig, aber ganz sicher nicht das Einzige ist, um das es bei der Liebe geht. Liebe heißt nicht nur, dass dir jemand etwas bedeutet, es geht auch darum, dass du diesen Menschen verstehst. Wenn man jemand wirklich liebt und versteht, dann kann man ihm Dinge verzeihen, die auf den ersten Blick vielleicht ziemlich unverzeihlich erscheinen.

Nehmen wir zum Beispiel meine Eltern. Sie haben im vergangenen Herbst herausgefunden, dass mein Vater noch eine Tochter hat. Es war nicht so schlimm, wie es sich jetzt anhört. Ich meine, Lara war schon unterwegs, bevor meine Eltern heirateten, aber der Schock war dennoch groß genug, um meine Mutter in die Arme

eines anderen Mannes zu treiben. Und wenn es bei Liebe nur um Leidenschaft ginge, hätten meine Eltern das nicht wieder hingekriegt. Aber das haben sie. Und jetzt sind sie verliebter als zuvor – was ich manchmal schon fast ein bisschen heftig finde.
Lucas und ich haben es, denke ich, auch ganz gut hingekriegt. Es begann als ein absolut unkontrollierbarer, leidenschaftlicher Drang, gegen den ich nicht ankämpfen konnte, aber jetzt ist es definitiv mehr. Besonders seit Lucas mir vergeben hat, dass ich einem ähnlich leidenschaftlichen Drang mit Aaron Mendel nachgegeben habe – etwas, was man wahrscheinlich als den größten Fehler meines Lebens betrachten könnte. Eines kann ich jedenfalls mit Sicherheit sagen: Ich werde niemals wieder in meinem Leben etwas Ähnliches machen.
Also gut – Liebe ist zwar ein absolut unglaubliches Gefühl, bei dem körperliche Anziehung eine große Rolle spielt, aber es ist auch wichtig, zu akzeptieren, dass derjenige, mit dem man zusammen ist, nicht perfekt ist. Was manchmal bedeuten kann, dass der Partner sich auch zu anderen Menschen hingezogen fühlt. Leider.

1

»Mmm, das fühlt sich gut an«, sagte Zoey Passmore, schloss die Augen und legte sich auf ihrem Bett zurück. »Nur noch ein klein wenig fester.«

Zoey seufzte wohlig, während Lucas fortfuhr ihre Füße zu massieren. Im Lokal ihrer Eltern auszuhelfen war ja immer ziemlich anstrengend, aber heute Abend war es noch schlimmer gewesen als sonst.

»Ich dachte, im Winter wäre nicht so viel los«, sagte Lucas. »Warum musstest du denn noch so lange bleiben?«

»Eine Privatveranstaltung«, erklärte Zoey.

»Lustig?«, fragte Lucas.

»Und wie! Es wäre allerdings um einiges lustiger gewesen, wenn der Geschirrspüler funktioniert hätte.«

Normalerweise versuchte Zoey mittwochs immer rechtzeitig zu Hause zu sein, um ihre Lieblingsserie im Fernsehen zu sehen, aber heute Abend hatte der kaputte Geschirrspüler ihr zusätzlich zu ihrem bereits sehr langen Arbeitstag zwei weitere Stunden auf den Beinen beschert. Sie hatte auch noch Hausaufgaben zu machen, aber irgendwie war es das Letzte, wozu sie Lust hatte, wenn Lucas ihre Fußsohlen massierte.

Zoey seufzte. »Und jetzt bin ich auch noch zu müde, um meine Hausaufgaben zu machen.«

»Ich kenne eine Möglichkeit dich aufzuwecken«, bot Lucas mit einem Funkeln in seinen braunen Augen an.

»Ohne Koffein?« Zoey lachte.

Es war nicht sehr schwierig, zu erraten, was Lucas im Sinn hatte. Und obwohl Zoey es nicht zugeben würde, hatte sie genau mit diesem Gedanken das Spülen der Dessertschalen überstanden.

Lucas legte sanft ihren Fuß ab, platzierte seine Hände links und rechts von Zoey und kletterte auf dem Bett katzenartig hoch zu ihr. Oben angekommen gab er ihr einen Kuss, der ihr eine Gänsehaut über das Rückgrat schickte.

Genau das habe ich gebraucht, dachte Zoey und entspannte sich unter der Wärme von Lucas' Berührung. Lucas zu küssen ließ sie alles andere vergessen – die rüpelhaften Gäste, den kaputten Geschirrspüler, die Hausaufgabe, die sie noch erledigen musste. Während sie auf ihrem Bett lag und Lucas' Arme um sich spürte, fühlte sich Zoey, als ob die ganze Welt um sie herum versinken würde.

Und sie hatte das beinahe für einen anderen Jungen aufgegeben, und nicht nur für irgendeinen Jungen, sondern ausgerechnet für diese hinterhältige Schlange, Aaron Mendel! Sicher, Aaron sah toll aus, war gescheit und sagte immer die richtigen Dinge, aber was das Küssen betraf, konnte er Lucas niemals das Wasser reichen. Er hatte es nie geschafft, dass Zoey bei seiner bloßen Berührung das Blut aus dem Kopf bis in die Zehen wich. Lucas war der Einzige, bei dem Zoey jemals dieses Gefühl gehabt hatte.

Zoey spürte, wie ihre Küsse drängender, intensiver wurden. Lucas hatte Recht gehabt. Sie fühlte sich wie neugeboren.

Plötzlich zog Lucas sich zurück. Er lag neben ihr auf dem Bett, ihre Gesichter waren keine zwei Zentimeter voneinander entfernt.

»Ich sollte jetzt vielleicht lieber gehen«, meinte Lucas und strich ihr eines ihrer blonden Haare von der Wange.

Zoey starrte ihn verblüfft an. Zwischen ihnen kam es doch gerade erst richtig in Gang.

»Es ist doch noch nicht so spät, oder?«, fragte Zoey und tastete auf ihrem überfüllten Nachtkästchen nach ihrer Uhr. Es sah Lucas gar nicht ähnlich, sich über die Zeit Sorgen zu machen, während er bei seiner Lieblingsbeschäftigung war.

»Nein«, erwiderte Lucas und stand auf, »aber du hast noch Hausaufgaben zu machen und ich will dich nicht daran hindern.«

»So viel ist das gar nicht. Du musst noch nicht gehen, Lucas. Ich kann sie auch morgen auf der Fähre machen«, bot Zoey an.
»Ist schon in Ordnung, Zo«, erwiderte er und steckte seinen Rollkragenpulli wieder in seine Jeans. »Du hattest einen langen Abend. Ich lass dich lieber in Ruhe, damit du dich entspannen kannst.«
»Aber ich bin entspannt«, antwortete sie und erhob sich, um ihre Arme um seinen Hals zu legen. »Dank dir.«
»Gern geschehen.« Lucas gab ihr einen kurzen Kuss auf die Lippen. »Aber ich geh jetzt. Gute Nacht«, verabschiedete er sich und gab ihr einen letzten zarten Kuss auf die Wange.
»Gute Nacht«, erwiderte sie, während er das Zimmer durchquerte und zur Tür hinausging.
Das war nicht der Lucas Cabral, den Zoey kannte. Dieser Lucas Cabral würde niemals freiwillig aufhören zu knutschen. Diesem Lucas Cabral musste man immer sagen, wann er aufhören sollte. Zoey war sich ganz sicher, dass irgendetwas im Busch war. Sie wusste nur noch nicht, was.

Lucas ließ das kalte Wasser über sein Gesicht und seinen Körper laufen. Er versuchte nicht zu zittern, doch es ging nicht anders. Kalte Duschen waren einfach grausam.
Aber die Sache war es wert gewesen, davon war er überzeugt. So gern er bei Zoey geblieben wäre, er hatte sich geschworen, dass er die Dinge nicht zu weit gehen lassen würde. Und er hatte sich daran gehalten.
Schon immer war die größte Konfliktquelle zwischen ihnen gewesen, dass er seinen Wunsch – seinen manchmal überhandnehmenden Wunsch –, mit ihr zu schlafen, nicht unterdrücken konnte.
Lucas wusste, dass es Zoey nicht gefiel, immer diejenige zu sein, die zur Zurückhaltung mahnte. Lucas war sich sogar sicher, dass einer der Gründe, warum Zoey mit diesem Schleimbeutel Aaron

Mendel etwas angefangen hatte, darin lag, dass der ihr vorgemacht hatte, er wolle keinen Sex vor der Ehe.
Niemand wird sich jemals wieder zwischen uns drängen, dachte Lucas, während er seine Arme einseifte. Das werde ich nicht zulassen. Er hatte sich eine neue Strategie überlegt. Von jetzt an würde er ganz einfach aufhören, bevor die Dinge zu heftig wurden. So wie er es gerade vor einer Stunde durchgezogen hatte. Zoey hatte anfänglich ein wenig enttäuscht gewirkt, doch Lucas meinte, beim Gehen einen Ausdruck überraschter Freude auf ihrem Gesicht gesehen zu haben.
Lucas seufzte zufrieden und drehte das Wasser ab. Überrascht zuckte er zusammen, als er ein Klopfen an der Badezimmertür hörte. Es war schon mindestens halb zehn. Da Mr Cabral bereits bei Tagesanbruch aufstehen musste, um seine Hummernetze auszuwerfen, schliefen Lucas' Eltern um diese Zeit meist schon. Der einzige Mensch, der so spät noch vorbeikam, war Zoey.
»Ja?«, rief Lucas und schlang sich ein Handtuch um die Hüften, nur für alle Fälle.
»Lucas, mein Lieber, könnte ich einen Moment mit dir sprechen?«, rief seine Mutter von der anderen Seite der Tür.
»Klar, Augenblick noch.« Lucas wusste, das irgendetwas vorgefallen sein musste, wenn seine Mutter immer noch wach war. Außerdem waren die Cabrals nicht gerade eine Familie, die sich Zeit nahm miteinander zu plaudern. Er konnte praktisch an seinen Fingern abzählen, wie viele Worte er in der vergangenen Woche mit seiner Mutter gewechselt hatte.
Er schlüpfte in seinen Bademantel und öffnete die Tür.
»Lucas«, sagte seine Mutter sofort, »es tut mir Leid, wenn ich dich störe . . .«
»Was ist denn los?« Lucas war besorgt und irritiert zugleich. Vielleicht trennten sich seine Eltern. Mr Cabral war immer sehr streng mit seinem einzigen Sohn gewesen. Er hatte Lucas sogar

zu Verwandten nach Texas schicken wollen, als Lucas von der Jugendstrafanstalt zurückgekommen war. Würde sein Vater jetzt derjenige sein, der ging?

»Kate Levin wird morgen zu uns kommen«, verkündete Mrs Cabral.

»Kate Levin?« Von wegen Scheidung! Er bekam Kate Levin aufs Auge gedrückt. Seine Mutter und Kates Mutter waren alte Freundinnen aus Holland, aber Lucas hatte Kate nicht mehr gesehen, seit er zehn und sie elf Jahre alt gewesen war.

Seine Mutter runzelte die Stirn. »Ich hatte mit Anne schon jahrelang nicht mehr gesprochen, aber sie hat heute Morgen angerufen. Anscheinend studiert Kate am New England Art Institute Fotografie, stell dir das vor.«

»Also soll sie bei uns wohnen und mit der Fähre nach Weymouth fahren? Die nächsten vier Jahre?«

»Oh nein, nein. Es ist nur vorübergehend. Mit dem Zimmer, das sie das letzte Semester hatte, ging irgendetwas schief, also wird sie bei uns bleiben, bis man eine andere Möglichkeit für sie gefunden hat. Ich richte das Gästezimmer für sie her.«

»Toll«, sagte Lucas mit ausdrucksloser Stimme. Er hatte Kate lange nicht mehr gesehen, aber er konnte sich noch gut daran erinnern, dass Kate, die in der Großstadt New York aufgewachsen war, ihn immer für ein Landei gehalten hatte.

»Es könnte eine wunderbare Gelegenheit für euch beide sein, eure Bekanntschaft zu vertiefen«, sagte Mrs Cabral, die den Mangel an Begeisterung bei ihrem Sohn offensichtlich nicht bemerkte. »Ihr seid ja beinahe gleich alt. Und Anne war meine liebste Freundin, als ich ein Mädchen war.«

»Ich weiß, Mom«, erwiderte Lucas, der keine Lust hatte noch länger im Flur zu stehen und sich weitere Erinnerungen an Holland während des Zweiten Weltkrieges anzuhören, als seine Großeltern ihre jüdischen Nachbarn im Keller versteckt hatten.

»Lucas«, sagte seine Mutter, die schließlich doch den Unwillen in

seiner Stimme gehört hatte, »du bist doch nicht verärgert, dass Kate kommt, oder? Ich dachte, du würdest dich freuen, wenn jemand deines Alters im Haus ist.«
»Ich bin nicht verärgert«, antwortete er. »Es ist mir ziemlich egal. Es ist nur so, dass Kate und ich nie besonders gut miteinander ausgekommen sind.«
Mrs Cabral lachte. »Du hast sie doch nicht mehr gesehen, seit du ein kleiner Junge warst!«
»Ich weiß. Sie trank Kaffee . . .«
»Sie trank Kaffee? Was hat das denn zu bedeuten?«
»Sie trank Kaffee und sie fand es komisch, dass ich es noch nie probiert hatte. Sie hielt mich immer für einen Versager.«
»Oh, Lucas«, sagte seine Mutter und kniff ihn in die Wange, als wäre er wieder zehn Jahre alt, »du trägst ihr doch nicht etwas aus Kindertagen nach?«
Lucas zuckte mit den Schultern. »Wie auch immer, Mom. Ich habe nichts dagegen, dass sie kommt. Erwarte nur nicht, dass wir die besten Freunde sind.«
»Alles, was ich erwarte, ist, dass du ihr gegenüber gastfreundlich bist«, erwiderte seine Mutter und wandte sich zum Gehen. »Kate wird morgen Abend hier sein. Und ich hoffe, dass ihr beide euch vertragt. Das ist alles.«
Genau das, was mir noch gefehlt hat, dachte Lucas. Noch jemand in diesem Haus, der mich für einen Idioten hält.

Nina

Komisch, dass du fragst, wie das mit der Liebe so ist, denn es scheint, als sei meine ganze Familie von Amors Pfeilen getroffen worden.

Zuerst waren da Benjamin und ich. Ich schätze, für einen Außenstehenden mag es höchstens nervig nett gewesen sein, aber für mich war es das absolut Erstaunlichste, was ich jemals erlebt habe. Ich meine, da war dieser unglaubliche Typ, gescheit, lustig, einfach umwerfend, in den ich schon ungefähr seit der Eiszeit verliebt war. Und plötzlich war er in mich verliebt. Echt.

Als Nächstes bringt mein Dad eine Frau mit nach Hause, die wir kennen lernen sollen. Sarah Mendel ist ja ganz nett, aber sie könnte auch ein Kobold aus »Der Zauberer von Oz« sein. (Und das meine ich sowohl in Bezug auf ihre Größe als auch in Bezug auf ihr ausgesprochen irritierend fröhliches Getue.) Jetzt läuft mein Vater vierundzwanzig Stunden am Tag, sieben Tage die Woche mit einem idiotischen Lächeln herum. Das ist wirklich genug, um jeden Menschen nachhaltig ins Grübeln zu bringen.

Aber das ist noch gar nichts im Vergleich dazu, was mit Aaron und der Eisprinzessin abläuft. Seit die beiden miteinander gehen, zeigt Claire eine erstaunliche Ähnlichkeit mit einem menschlichen Wesen. Als ob das nicht schlimm genug wäre, ist der Typ obendrein in ein paar Monaten auch noch ein Mitglied unserer Familie. Das ist praktisch Stief-Inzest!

Aber du hast ja nicht wissen wollen, wer verliebt ist – du hast danach gefragt, was Liebe ist.

Liebe ist Hingabe. Es geht darum, für jemanden da zu sein, durch gut und schlecht mit ihm zu gehen, durch dick oder dünn, Regen oder Sonnenschein. So wie meine Eltern zueinander standen, als meine Mutter krank wurde. Daran kann ich mich noch gut erinnern. Daher weiß ich, dass ich Benjamin wirklich liebe. Nach der Operation wollte ich ständig bei ihm sein, um alles mit ihm zu teilen. Das Einzige, was ich bei der ganzen Sache bedauere, ist, dass ich mich von ihm dazu überreden ließ, nach Hause zu fahren, bevor sein Verband abgenommen wurde. Ich hätte dort sein müssen, als ihm klar wurde, dass er immer noch blind ist. Wenn ich diesen Augenblick mit ihm geteilt hätte, wären wir einander jetzt vielleicht näher. Vielleicht.

2

Wie üblich schüttete Nina Geiger viel zu viel Cap'n' Crunch in ihre Schüssel, sodass kaum noch Platz für die Milch übrig blieb. Warum sollte heute auch irgendetwas klappen?, dachte sie frustriert. Seit heute Morgen, als sie verschlafen hatte und deshalb rennen musste, um die Fähre noch zu bekommen, war einfach alles schief gegangen.

In Amerikanischer Geschichte hatten sie eine Stegreifaufgabe geschrieben, bei der sie großes Glück haben musste, um noch eine Vier zu bekommen. Bei all dem, was sich derzeit in ihrem Leben tat, hatte sie noch weniger Zeit zum Lernen gehabt als sonst.

Aber die schulischen Probleme waren nicht das Schlimmste. Heute hatte sie volle zwölf lustige Bemerkungen zu Benjamin gemacht und er hatte kein einziges Mal gelacht.

Seit er erfahren hatte, dass die Operation fehlgeschlagen war, wirkte Benjamin absolut deprimiert. Was normal war. Um genau zu sein, wäre es ziemlich verrückt, wenn er nicht Schule schwänzen und den ganzen Tag im Bett liegen würde. Aber so ging es nun schon seit einem Monat und es gab keine Anzeichen, dass er bald aus seiner Depression auftauchen würde. Nina war entschlossen gewesen ihn aufzuheitern. Aber mehr und mehr wurde ihr klar, dass ihre Anstrengungen die Dinge nur noch zu verschlimmern schienen.

Auf gewisse Weise, dachte Nina, geschieht es mir recht. Während der Operation und die ganze Zeit, in der sie darauf gewartet hatten, dass er die Verbände abbekam, hatte sie sich verrückt gemacht vor Sorge. Aber nicht wegen Benjamin. Nina hatte Angst gehabt, dass er, wenn er wieder sehen konnte, von ihrem Anblick enttäuscht oder sogar schockiert wäre. Sie hatte Angst gehabt, dass sie Benjamin verlieren würde, wenn er nicht mehr blind war. Nina hatte so viel Zeit damit verbracht, mit ihren eigenen Ängsten klarzukommen, dass sie die Möglichkeit, die Operation könnte tatsächlich schief gehen, eigentlich gar nicht richtig in Betracht gezogen hatte.

Sie blickte auf die Uhr. Halb zehn. Sie hatte Benjamin gesagt, dass sie heute Abend noch vorbeikäme, wenn sie mit dem Lernen fertig war. Es wurde schon langsam spät, aber Nina wollte Benjamin nicht im Stich lassen. Das Letzte, was er brauchte, war eine weitere Enttäuschung.

Aber würde er überhaupt enttäuscht sein, wenn sie nicht auftauchte? In der letzten Zeit hatte sie nicht den Eindruck gehabt, dass es ihm etwas ausmachte, ob sie da war oder nicht. Nina aß einen weiteren Löffel von ihrem Müsli.

»Wie kannst du das sagen?«, rief ihre Schwester Claire gerade aus und kam in die Küche. Sie hatte das schnurlose Telefon dabei und war völlig in die Unterhaltung vertieft. »John Malkovich ist äußerst sexy. Hast du denn nicht »Gefährliche Liebschaften« gesehen?«

Claire lauschte aufmerksam, während sie die Küche durchquerte, eine Tüte Popcorn in die Mikrowelle steckte und sich dann mit den Fingern durch ihre schwarze Haarmähne fuhr. Nina bemerkte einen leichten Schwung im Schritt ihrer Schwester. Es gab nur einen Menschen, der am anderen Ende der Leitung sein konnte – Aaron Mendel.

Die Mendels nahmen Ninas Zuhause in Besitz. Seit Thanksgiving hatte sich der Geiger-Haushalt verändert. Zuerst benahm sich ihr sonst so vernünftiger Vater wie ein liebeskranker Teenager. Jetzt war ihre Schwester, die Eisprinzessin, an der Reihe – und tanzte praktisch durch die Küche. Nina fragte sich langsam, ob die Mitglieder ihrer Familie vielleicht gegen Aliens ausgetauscht worden waren.

»Tja«, fuhr Claire fort »dann sollte dir eigentlich ganz klar sein, weshalb ich John Malkovich für sexy halte. Er manipuliert andere,

ist geheimnisvoll und absolut hinreißend. Genau mein Typ.« Sie setzte sich neben Nina an den Tisch und plötzlich schien ihr die Gegenwart ihrer Schwester bewusst zu werden. »Aaron, kannst du mal kurz dranbleiben?«
»Keine Sorge, Claire«, sagte Nina schnell. »Deine Unterhaltung ist nicht interessant genug, als dass ich zuhören würde.«
»Es ist mir egal, ob du zuhörst oder nicht«, erwiderte Claire und deckte die Sprechmuschel ab. »Ich bin nur überrascht, dass du hier bist. Wolltest du nicht zu Benjamin?«
»Schon recht, Claire. Du bist mich gleich los«, sagte Nina und deutete auf ihre fast leere Schüssel.
Claire seufzte. »Nina, ich will dich gar nicht loswerden. Ich weiß nur, wie schwer es für Benjamin zur Zeit ist.«
»Und?«, wollte Nina wissen und fragte sich, wohin dieses Gespräch führen sollte.
»Und . . . darf ich mir denn keine Sorgen machen? Oder muss ich dich daran erinnern, dass Benjamin und ich uns auch einmal sehr nahe standen?«
Nein, Claire musste Nina nicht an die Tatsache erinnern, dass sie einmal mit Benjamin gegangen war. Eine Bemerkung wie diese von ihrer von der Natur im Übermaß gesegneten Schwester hätte Nina früher völlig fertig gemacht. Aber jetzt nicht mehr. Nicht, seit Nina und Benjamin etwas miteinander geteilt hatten, was er und Claire niemals geteilt hatten – Sex.
»Ich weiß nicht, Claire. Kannst du dir wirklich Sorgen machen?«, fragte Nina sarkastisch. »Ich bin nicht sicher, ob das im Gefühlsbereich deiner Spezies vorkommt.«
Claire ließ einen weiteren Seufzer los, der besagen sollte: Du bist ja so unreif, dass ich nicht einmal darauf antworten werde. »Ich hoffe nur, dass es ihm besser geht«, erwiderte sie stattdessen und kehrte wieder zu ihrem Telefongespräch zurück. »Entschuldige Aaron, ich musste nur kurz mit Nina sprechen. Aber egal, verstehst

du jetzt, warum ich John Malkovich mag? Er erinnert mich an jemanden, den ich . . .«

Das wird einfach zu abartig, dachte Nina.

». . . besonders gut kenne«, sagte Claire.

Besonders gut kenne? Hatten Claire und Aaron etwa . . . igitt! Er würde ihr Stiefbruder werden!

Claire kicherte tatsächlich ins Telefon.

Das wurde Nina nun endgültig zu viel und sie stand auf, stellte ihre Schüssel in den Geschirrspüler und ging zur Garderobe, um ihre Jacke zu holen. Egal, welch schlechte Laune Benjamin haben mochte – bei ihm zu sein war immer noch besser als bei der neuerdings liebestrunkenen Claire.

»Viel Spaß, Nina«, rief Claire ihr aus der Küche nach.

Es klang fast so, als ob sie es ernst meinte.

Benjamin fuhr mit den Fingern über die vielen CDs, die sich an seiner Wand links vom Bett entlangreihten. Was sollte er heute Abend hören? Chopin, Bach, Coltrane, The Gypsy Kings? Benjamin konnte sich nicht entscheiden, während er mit den Fingerspitzen über die Braille-Etiketten fuhr. Zoey und Nina hatten sie für ihn getippt und ein Etikett auf die Rückseite jeder CD in seiner Sammlung geklebt.

Braille. Der Code, der von einem Sehenden erfunden worden war, um den Blinden die Illusion zu verschaffen, dass sie wirklich ein produktives Leben führen könnten. Benjamin schnaubte trübselig. Das war alles, was es war – eine Illusion. Sein Leben würde niemals normal sein. So gern er auch etwas anderes vorgegeben hätte, er war immer hoffnungslos abhängig von anderen.

Selbst um Musik hören zu können, brauchte er die Hilfe anderer. Ohne Etiketten hätte er keine Ahnung, welche CD er vom Ständer nahm. Benjamin seufzte. Er sehnte sich nach Musik, um seine Gedanken zu ersticken. Aber seine Musik kam ihm leer und nichts

sagend vor. Plötzlich fanden seine Finger eine CD, die seiner Stimmung entsprach – Miles Davis, »Kind of Blue«.
Er ließ sich zurück auf sein Bett fallen, als die Jazzklänge den Raum erfüllten. Benjamin tippte mit dem Fuß zum Bass des ersten Songs »So What«.
So what?, dachte er. So what? Also was denn nun? Ich bin blind. Ich bin jetzt schon jahrelang blind. Die Operation ist nicht geglückt – es gab von vorneherein nur eine fünfzigprozentige Chance. Also was? Nichts hat sich geändert. Es ist ein ganz normaler Tag.
Alles war ganz normal. Er hatte vor kurzem gehört, dass Lucas gegangen war. Bald danach hatte er Zoey in die Küche gehen hören, wo sie nach etwas zu essen suchte. Gelegentlich konnte er die Klänge eines Lachens aus der Fernsehsendung hören, die seine Eltern ansahen.
Nur eine ganz normale Nacht im Passmore-Haushalt. Jeder geht seinen Interessen nach und der Blinde lauscht und deutet alles.
Benjamin drehte sich genervt auf den Bauch. Zoey verbrachte ihre Zeit nicht damit, zu erraten, ob die Schritte im Flur von Nina oder Aisha stammten. Seine Eltern analysierten nicht jedes Ächzen der Fußbodendielen. Das lag daran, dass sie sehen konnten. Sie hatten Besseres zu tun, als sich zu fragen, woher jedes Geräusch im Haus stammte.
Wie als Antwort auf seine Gedanken klopfte es an der Tür: zwei leichte Klopfer, gefolgt von einem Poltern. Nina.
»Komm rein!«, rief er über die Musik hinweg.
»Hi!« Sie setzte sich auf seinen Bettrand. »Macht es dir was aus, wenn ich die Musik leiser drehe? Oder hast du eine Eintänzer-Karriere im Sinn?«
»Nur zu«, sagte er und ignorierte ihre Bemerkung, die er unter anderen Umständen amüsant gefunden hätte. Aber er war nicht in der Stimmung zu lächeln, nicht einmal für Nina. »Ist es nicht schon ein wenig spät für einen Besuch bei mir?«

»Na ja, es ist fast zehn. Aber ich hatte dir ja versprochen, dass ich noch vorbeikäme, und Nina Geiger ist vor allem eine Frau, die zu ihrem Wort steht.«
Na toll, jetzt bin ich für sie eine Verpflichtung, die sie erfüllen muss, dachte Benjamin düster. Schau lieber nach dem blinden Freund, bevor du schlafen gehst! Benjamin lachte kurz auf.
»Was denn?«, fragte Nina, offensichtlich höchst interessiert daran, auch in den Witz eingeweiht zu werden.
»Nichts«, wehrte Benjamin ab. »Nur ein blöder Gedanke, den ich hatte.«
»Ich wette, ich kann erraten, welche Art von Gedanke das war.« Nina rieb nachdrücklich ihre Hand an seinem Bein. »Es ist schon eine Weile her.«
Es war tatsächlich schon eine Weile her. In den Wochen vor der Operation hatten er und Nina kaum die Hände voneinander lassen können. Aber mit dem Näherrücken des schicksalhaften Tages konnte Benjamin an nichts anderes mehr denken als an die Operation. Und seit man ihm den Verband abgenommen hatte, war er zu deprimiert gewesen. Es war fast über einen Monat her, seit sie das letzte Mal miteinander geschlafen hatten.
Aber jetzt war nicht der Zeitpunkt das zu ändern. Irgendwie spürte Benjamin, dass Nina einfach etwas tun wollte, irgendetwas, um ihn aufzumuntern. Und das Letzte, was er wollte, war, dass sie mit ihm aus Mitleid schlief.
Er spürte, wie sie sich neben ihn legte, seine Wange küsste und wie dadurch die rechte Seite seiner Ray Bans verrutschte. Sie begann mit den Fingern durch sein Haar zu fahren.
»Nina«, sagte Benjamin und setzte sich auf, »ich glaube nicht, dass ich dafür jetzt in der Stimmung bin.«
»Okay«, sagte sie rasch. »Willst du, dass ich dir aus deinem neuen Buch vorlese?«
Er konnte die gezwungene Munterkeit in ihrem Ton hören. Benjamin

wusste, dass sie sich bemühte ihr Gefühl, von ihm zurückgewiesen worden zu sein, zu verbergen. Er verspürte einen Hauch von Schuldgefühl. Er wollte Nina ganz bestimmt nicht weh tun. Aber was sollte er machen?

»Nein, ich glaube nicht, dass ich schon mit einem neuen Buch anfangen möchte.«

»Okay«, sagte sie.

Okay! Okay! Immer war alles okay! Kapierte sie denn nicht, dass nichts okay war? Benjamin wusste, dass Nina versuchte ihm zu helfen. Er wusste, dass sie ihn wieder fröhlich sehen wollte – was ihn nur noch mehr deprimierte, weil er es nicht war.

»Warum legen wir uns dann nicht einfach hin und hören uns eine Oper an?«, schlug Nina vor. »Etwas Leidenschaftliches. Etwas Deprimierendes. Etwas in einer fremden Sprache, was keiner von uns beiden versteht.«

Benjamin seufzte. »Tut mir Leid, Nina«, sagte er. »Ich fühle mich heute Abend nicht richtig danach.«

»Also gut«, erwiderte Nina und tat offensichtlich so, als mache ihr das alles nichts aus. »Wonach ist dir denn? Ich bin zu allem bereit.«

»Na ja, wenn es dir nichts ausmacht . . .«, begann er.

»Natürlich macht es mir nichts aus. Was immer du willst«, unterbrach ihn Nina eifrig.

»Ich wäre am liebsten allein«, sagte Benjamin.

Als Nina Gute Nacht sagte und sein Zimmer verließ, brauchte Benjamin nicht sehen zu können, um zu wissen, wie enttäuscht sie war.

Aisha

Ich habe mir Liebe immer als das überwältigende Bedürfnis vorgestellt, mit einem ganz bestimmten Menschen zusammen zu sein. Wann immer du diesen Menschen siehst, ist es, als ob ein Feuerwerk in deinem Bauch losgeht oder so was, und du bist so glücklich, dass du einfach nicht willst, dass es aufhört. Mehr als alles andere auf der Welt willst du mit diesem Menschen zusammen sein.

Wenn du jemanden liebst, ist es, als ob die Umlaufbahn deines Lebens sich ändert, um ebendiesen Menschen einzuschließen. Nicht deshalb, weil du schwach oder einsam bist, sondern weil alles einfach so viel besser ist, wenn dieser Mensch in der Nähe ist.

Ich weiß, dass es so für mich und Christopher war. Obwohl ich meine Freunde hatte, fühlte ich mich nie richtig vollständig. Bis er in mein Leben kam. Es hatte nichts damit zu tun, dass wir beide schwarz sind. Es kam wohl eher daher, dass ich die Neue auf der Insel war. Ich war zu einer Clique von Freunden hinzugekommen, die einander schon ihr ganzes Leben kannten.

Versteh mich nicht falsch! Inzwischen fühle ich mich wirklich als Teil der Gruppe, und das war schon so,

bevor Christopher kam. Aber als er dann kam, war alles ganz anders.
Wenn du mich vor ungefähr einem Monat gefragt hättest, hätte ich gesagt, dass Christopher und ich uns lieben. Aber obwohl meine Gefühle für ihn immer noch die gleichen sind, weiß ich nicht, ob ich jetzt mit Sicherheit sagen kann, dass wir uns lieben.
Jemanden zu lieben bedeutet, dass du mit ihm zusammen sein willst – mehr als alles andere auf der Welt. Warum bin ich dann nicht mit Christopher gegangen, als er Chatham Island verließ, um zur Armee zu gehen? Warum habe ich seinen Heiratsantrag abgelehnt?
Aber andererseits, wenn ich Christopher doch nicht richtig geliebt habe, warum wünsche ich mir dann mehr als alles andere auf der Welt, dass er immer noch hier wäre?

3

»Igitt!«, rief Aisha Gray und spuckte den Radiergummi aus, den sie von ihrem Stift abgebissen hatte.
Sie verfluchte sich selbst, während sie versuchte die bitter schmeckenden Reste von ihrer Zunge zu entfernen. Sie sollte sich wirklich lieber auf das konzentrieren, was sie gerade lernen musste – nämlich Physik. Stattdessen war Aisha die letzte halbe Stunde völlig abgedriftet und hatte an Christopher Shupe gedacht. Was machte er wohl gerade in diesem Augenblick? Er schlief wahrscheinlich in irgendeiner Kaserne und hatte eine kratzige Wolldecke hoch an sein Kinn gezogen, um sich warm zu halten. Obwohl sie nicht genau wusste, welche Art von Bett er hatte, stellte Aisha sich Christopher immer auf dem unteren eines Stockbetts in einem Zimmer vor, das aussah wie das in einem Kriegsfilm, den sie im Fernsehen gesehen hatte. Deshalb musste sie sich ständig daran erinnern, dass Christopher nur in der Armee war – nicht in einem richtigen Krieg.

Aber es war schwer, sich das nicht einzubilden, wenn sie das Gefühl hatte, als lägen Welten zwischen ihnen. Und wenn sie nur eine einzige kurze Postkarte von ihm erhalten hatte, seit er vor genau einem Monat abgereist war.

Selbst die Postkarte hatte nicht dazu beigetragen, dass Aisha sich vorstellen konnte, wie Christophers neues Leben aussah. Aber die Karte war zumindest etwas, worauf sie sich konzentrieren konnte, etwas, woran sie sich festhalten konnte. Schon zum fünften Mal in dieser Stunde öffnete Aisha ihre oberste Schreibtischschublade und zog die Karte heraus. Obwohl sie sie erst vor einer Woche bekommen hatte, war der Rand bereits stark abgegriffen. Aisha starrte auf die Karte und las die gleichen Worte, die sie schon hunderte von Male gelesen hatte:

> 25. Januar
>
> Aisha,
> ich will dir nur kurz Bescheid geben, dass ich heil angekommen bin. Es ist alles ganz okay hier. Ich muss früh aufstehen und früh zu Bett gehen und das Essen ist furchtbar, aber nicht so schlimm, wie ich dachte. Sag allen einen schönen Gruß von mir, besonders deiner Familie.
> Ich schreib dir unten meine Adresse auf, für den Fall, dass du mir mal schreiben willst.
>
> Mach's gut,
> Christopher

Er hatte nicht einmal »Liebe Aisha« geschrieben. Das konnte nur bedeuten, dass Christopher immer noch sauer auf sie war, sosehr Aisha sich auch bemüht hatte ihm klarzumachen, dass die Ablehnung seines Heiratsantrags nichts mit ihren Gefühlen für ihn zu tun hatte.

Sie hatte gehofft, dass er ihre Entscheidung mit der Zeit verstehen würde, ihr vielleicht sogar Recht gab. Sie hatte gehofft, dass er einsah, dass sie einfach zu jung waren, um eine Verpflichtung für den Rest ihrer Leben einzugehen. Aber aus dieser kühlen, unpersönlichen Postkarte ging deutlich hervor, dass Christopher das nicht so empfand.

Aisha konnte aus seinen Zeilen nicht einmal erkennen, ob er überhaupt noch irgendetwas für sie empfand.

Ich kann jetzt darüber nicht nachdenken, schalt sie sich. Ich muss lernen.
Aisha knallte die Postkarte genervt auf ihr offenes Physikbuch, wild entschlossen wieder zu lernen. Aber der letzte Satz auf der Postkarte fiel ihr ins Auge: Ich schreib dir unten meine Adresse auf, falls du mir mal schreiben willst.
Sollte sie ihm schreiben oder nicht? Zoey hatte gesagt, sie sollte. Sie war der Meinung, dass Christopher die Adresse nicht hingeschrieben hätte, wenn er nicht wollte, dass Aisha ihm schrieb. Schließlich hatte er Aisha genug geliebt, um sie heiraten zu wollen. Aber dieser Rat kam von Zoey, Chatham Islands größter Romantikerin.
Claire hatte ihr geraten nicht zu schreiben. Was hätte es denn schon für einen Sinn? Christopher wollte eine klare Trennung, und da Aisha seinen Heiratsantrag abgelehnt hatte, was gab es da schon noch zu sagen? Aber das war schließlich Claire, die Eisprinzessin.
Nina war überhaupt keine Hilfe gewesen. Sie war noch unentschlossener als Aisha.
Was Aisha brauchte, war die Meinung eines Jungen. Aber Benjamin war kaum in der Verfassung ihr zu helfen. Und Lucas hatte nur mit den Schultern gezuckt und gesagt, es ginge ihn nichts an. Jungen konnten so nervig sein.
Schließlich nahm Aisha den Stift und blätterte zu einem leeren Blatt in ihrem Spiralblock. Sie konnte genauso gut einen Brief schreiben. Es bedeutete ja nicht, dass sie ihn auch abschicken musste.

Mittwoch, 5. Februar

Lieber Christopher

Ja, sie würde »Lieber« schreiben.

> *Lieber Christopher,*
> *letzte Woche habe ich deine Postkarte bekommen. Es war schön, von dir zu hören. Es freut mich, dass das Essen besser ist, als du erwartet hast. Wie ist es denn, in der Armee zu sein? Es fällt mir so schwer, mir das vorzustellen.*
> *Auf Chatham Island hat sich nicht viel getan. Zoey und Lucas sind enger zusammen als je zuvor. Benjamin ist immer noch ziemlich fertig, weil seine Operation nicht geklappt hat, und*

Aisha starrte auf die Seite. Was schrieb sie denn da? War sie vielleicht die Klatschtante vom Dienst? Alles, was sie wollte, war ihn wissen zu lassen, dass er ihr immer noch viel bedeutete. Sie riss die Seite heraus, zerknüllte sie und warf sie in den Papierkorb. Sie starrte auf das neue leere Blatt Papier, entschlossen noch einmal neu anzufangen.
»Zweiter Versuch«, sagte sie und nahm den Stift.

> *5. Februar*
> *Lieber Christopher,*
> *ich habe mich sehr gefreut, als ich letzte Woche deine Postkarte bekam. Ich bin froh, dass bei dir alles okay ist. Ich würde gerne mehr darüber hören, wie es dir so geht, wenn du Zeit hast zu schreiben.*

Auf Chatham Island hat sich nicht viel getan, alles wie immer. Außer, dass alle dich vermissen. Ich ganz besonders.
Ich weiß nicht, wie wir jetzt miteinander stehen, aber ich hoffe wirklich, dass du mir verzeihen kannst. Ich weiß, ich hab dir das schon einmal gesagt, aber ich habe deinen Antrag nicht abgelehnt, weil ich dich nicht liebe, sondern weil wir einfach zu jung sind.
Ich werde niemals vergessen, wie glücklich du mich gemacht hast an dem Abend, als du mich gebeten hast deine Frau zu werden. Es war wahrscheinlich der schönste Abend meines Lebens.

Aisha musste aufhören zu schreiben, weil ihr Tränen in die Augen stiegen. Sie wischte sie fort und las noch einmal, was sie geschrieben hatte. Ich werde niemals vergessen . . . warum klang das so endgültig, so nach Vergangenheit? Ihre Gefühle für Christopher waren doch nicht vorbei. Warum musste ihre Beziehung vorbei sein?
Sie blickte auf seine Postkarte. Er konnte ihr nicht verzeihen. Jetzt nicht und wahrscheinlich niemals. Claire hatte Recht – was gab es noch zu sagen?
Aisha warf ihren zweiten Versuch, einen Brief zu schreiben, in den Papierkorb.
Ich muss akzeptieren, dass es zwischen Christopher und mir vorbei ist, dachte sie, als sie sich wieder ihren Physikunterlagen zuwandte. Je früher, desto besser.

Claire Geiger stand auf ihrer Aussichtsplattform und zog ihre Chenilledecke um sich, damit ihr etwas wärmer wurde. Es war eine kalte, frische Februarnacht und Claire liebte den beißenden Zug der eisigen Luft an ihrer Nasenspitze. Es fühlte sich an, als ob jemand sie zwickte, um sie wissen zu lassen, dass sie nicht träumte.

Die Nacht war kalt, aber der wolkenlose Himmel zeigte keine Anzeichen von Sturm. Es war so klar, dass Claire die Sternenkonstellation am Winterhimmel sehen konnte – der Große Wagen, Orion und ihr Lieblingssternbild Cassiopeia. Claires Gedanken wurden vom Klang lauter Schritte unterbrochen. Wer war denn um diese Nachtzeit noch unterwegs? Es musste schon elf Uhr sein. Vielleicht konnte ihr Dad von all der Aufregung wegen der Hochzeitsvorbereitungen nicht schlafen. Sie stand auf und beugte sich über das Geländer, um besser sehen zu können. Es war Nina, die in der kalten Nacht heranstapfte, eine unangezündete Zigarette hing zwischen ihren Lippen.

Es muss irgendetwas bei Benjamin vorgefallen sein, dachte Claire, als sie sich wieder zurückbeugte.

Claire wusste, dass Benjamin im Augenblick viel durchmachte. Sie wusste auch, dass Benjamin, wie sie selbst, nicht gerne mit anderen Leuten über seine Probleme sprach, nicht einmal mit den Menschen, die ihm nahe standen. Ganz besonders nicht mit den Menschen, die ihm nahe standen.

Das war eine Art Band zwischen ihnen gewesen. Sie wussten beide instinktiv, dass sie einander nicht zu nahe kommen durften. Aber jetzt war Benjamin mit Nina zusammen.

Claire zog die Decke wieder enger um ihre Schultern. Sie konnte hören, wie Nina zum Vordereingang ging, und sie verspürte eine Welle von Zuneigung für ihre kleine Schwester in sich aufsteigen. Dieses Gefühl überraschte sie.

Sie empfand in letzter Zeit alles viel stärker und inniger und sie wusste auch, wer dafür verantwortlich war. Ihre Mundwinkel hoben sich, als sie daran dachte, wie Aaron ihr Leben verändert hatte.

Zum ersten Mal seit dem Tod ihrer Mutter war Claire richtig glücklich. Endlich konnte sie ihre Wachsamkeit fallen lassen und als diejenige geliebt werden, die sie war.
Claire seufzte zufrieden, als sie hinter dem Stein ihr Tagebuch herausholte. Sie setzte sich wieder, öffnete das schmale Buch auf der nächsten freien Seite, nahm die Kappe von ihrem Stift und begann zu schreiben.

5. Februar
Minus 8 Grad. Wind minimal, Himmel klar und wolkenlos. Kein Niederschlag zu erwarten.

Claire blickte auf und überlegte sich, was sie schreiben sollte. Sie hatte noch nie zuvor Schwierigkeiten gehabt in ihr Tagebuch zu schreiben. Auf gewisse Weise war ihr Tagebuch ihr bester Freund gewesen – nur dort hatte sie ihre Gefühle enthüllen, ihre Intrigen offenbaren, die ganze Wahrheit sagen und sich wirklich entspannen können.
Wieder lächelte sie. Jetzt habe ich stattdessen Aaron, dachte sie. Sie blätterte noch einmal zur nächsten freien Seite und schrieb einen einzigen Satz.

Ich liebe Aaron.

4

Die Luft in der Kabine der Island Breeze war dick und stickig, aber es war viel zu kalt, um an Deck zu bleiben.

»Es ist eine auswegslose Situation«, stellte Nina fest. »Entweder bleiben wir oben und bekommen Lungenentzündung oder wir drängen uns hier unten zusammen und atmen die recycelten Bakterien der anderen ein.«

Aisha zuckte mit den Schultern. »Das kannst du noch der Liste der Dinge in unserem Leben hinzufügen, die nerven«, sagte sie.

»Zumindest bin ich heute Morgen nicht die Einzige mit schlechter Laune«, sagte Nina, als Aisha nur weiter vor sich hin starrte.

Nina ließ ihre Füße baumeln und ihre Kampfstiefel gegen die Kabinenwand schlagen. Sie, Claire, Aisha und Jake waren bereits an Bord der Fähre, aber der Rest der Clique fehlte noch. Sie blickte auf ihre Uhr. Sieben Uhr einundvierzig. Lucas, Zoey und – am wichtigsten – Benjamin hatten noch vier Minuten Zeit, um an Bord zu kommen.

Benjamin. Als Nina gestern Abend sein Zimmer verlassen hatte, war sie nicht in der Lage gewesen einen klaren Gedanken zu fassen. Sie war im Haus auf und ab gelaufen wie eine Verrückte und bis spät nachts wach geblieben, hatte Letterman und sogar einen Teil von Conan O'Brien im Fernsehen gesehen.

Benjamin war nicht wütend auf sie – er war einfach allgemein wütend, hatte Nina sich immer wieder gesagt. Und er hatte ein Recht darauf. Dass die Operation schief gegangen war, die ihm sein Augenlicht wiedergeben sollte, war eine große Enttäuschung gewesen. Aber warum schloss er sie aus?

Ihre Beziehung war für Nina ein Traum gewesen, der in Erfüllung ging. Jahrelang war sie insgeheim in Benjamin verliebt gewesen, aber er war mit Supermodel Claire gegangen. Selbst als sie und Benjamin ein Paar geworden waren, hatte Nina immer Angst gehabt, dass Benjamin eines Tages mit ihr Schluss machen würde. Natürlich war es möglich, dass Benjamin gestern einfach nur allein sein wollte. Das war kein Verbrechen. Er hatte ein Recht auf etwas Freiraum.

Vielleicht wollte er sie gar nicht wegstoßen.

Ich muss ihn sehen, um sicher zu sein, dass er nicht auf mich sauer ist.

Als ob die Sache nicht schon schlimm genug wäre, hatte Claire heute Morgen beim Frühstück Nina gefragt, ob alles in Ordnung sei. Ihre Stimme hatte so mitfühlend geklungen, dass es fast unheimlich war. Nina blickte auf die andere Seite der Fähre, wo ihre Schwester saß und in aller Ruhe die Zeitung las. Claire hatte wahrscheinlich nur versucht sie durcheinander zu bringen. Unglücklicherweise hatte es funktioniert.

Nina nahm die letzte Lucky Strike aus dem Päckchen und steckte sie in ihren Mund. Wenn das so weitergeht, werde ich noch Kettennichtraucherin, dachte sie, während sie den herben Tabakgeschmack einsaugte. Sie starrte aus dem Fenster vor sich.

Das Horn, das die Abfahrt anzeigte, ertönte.

»Hi, Leute«, grüßte Zoey, während sie nach Luft schnappte.

»Gott sei Dank habt ihr's noch geschafft«, sagte Nina und lächelte erleichtert. »Ich dachte schon, ihr müsstet euch das Geld für das Wassertaxi teilen.«

Das Lächeln verschwand schnell wieder. Zoey und Lucas waren außer Atem, weil sie im letzten Moment auf die Fähre gerannt waren. Aber Benjamin war nicht bei ihnen.

»Benjamin hat beschlossen nicht in die Schule zu gehen«, erklärte Zoey.

»Ja«, bestätigte Lucas, »vor ungefähr zehn Minuten.«

»Wir wollten ihn überreden mitzukommen. Deshalb sind wir auch so spät dran«, sagte Zoey.
»Hat er gesagt, warum?«, fragte Nina. »Ich meine, ist er krank oder was?«
»Er sagte, er sei einfach nicht in der Stimmung«, meinte Lucas. »Ich habe gesagt, wer ist das denn schon?«
»Er war schon fix und fertig angezogen und alles, und dann ist er einfach vom Frühstückstisch aufgestanden und hat erklärt, dass er nicht käme.« Zoey seufzte.
Nina versuchte ruhig zu bleiben, aber die schlaflose Nacht hatte ihr die Nerven geraubt. »Zoey, ich weiß, dass das bestimmt ziemlich blöde klingt, aber er hat nicht vielleicht etwas über mich gesagt, oder?«
»Über dich? Nein. Was sollte er denn sagen?«
»Dass er mich nicht sehen möchte oder so was?«
»Natürlich nicht! Benjamin liebt dich!«, rief Zoey aus.
»Ich wünschte, ich bräuchte nicht dich, um mich an diese Tatsache zu erinnern«, erwiderte Nina mit zitternder Stimme.
»Er ist einfach noch nicht so weit, um wieder zum normalen Alltag zurückzukehren. Das ist alles.«
»Ich weiß.« Nina spürte Tränen in ihre Augen aufsteigen. »Ich versuche ja verständnisvoll und alles zu sein. Ich habe sogar angeboten mir eine Oper mit ihm anzuhören . . .«
»Das ist wirklich verständnisvoll«, warf Lucas ein.
». . . aber er will einfach nur alleine sein«, schloss Nina und wischte die Tränen weg, die ihr jetzt die Wangen hinunterrannen.
Zoey legte tröstend einen Arm um Ninas Schulter. »Nina, du bist nicht die Einzige, die er so behandelt. Er verlässt sein Zimmer nur noch zu den Mahlzeiten und selbst dann sagt er kaum zu irgendjemandem ein Wort.«
»Ich weiß einfach nicht, was ich tun soll, Zoey.« Nina holte kurz Luft und gab dann einen erschöpften Seufzer von sich.

»Wir müssen ihm Zeit lassen«, sagte Zoey. »Du kennst doch Benjamin – er kommt immer wieder hoch. Nur braucht er diesmal wohl mehr Zeit, um die Situation zu akzeptieren.«
»Aber was soll ich in der Zwischenzeit machen?«, wollte Nina wissen. »Ich bin nicht sehr gut darin, die Starke, Schweigende zu spielen.«
»Tu einfach das, was der Rest von uns auch tut«, schlug Zoey vor. »Benimm dich ganz normal. Dadurch wird es für Benjamin auch leichter, sich wieder normal zu verhalten.«
Nina seufzte. »Normal sein ist auch nicht gerade meine stärkste Seite.« Sie zerdrückte ihre inzwischen völlig durchweichte Zigarette in ihrer Handfläche.
Zoey kicherte. »Normal für dich, Nina. Selbst du müsstest das schaffen können.«

Jake McRoyan saß auf der unbequemen Bank der Fähre und versuchte sich durch den zweiten Aufzug von »Macbeth« zu kämpfen. Er musste das Stück lesen und einen Aufsatz darüber schreiben, auch wenn das eine zusätzliche, freiwillige Arbeit war. So wie es im Augenblick aussah, war seine Note in Englisch gerade gut genug, um die Klasse zu schaffen, aber nicht gut genug, um ins Baseballteam zu kommen. Wenn er seine Note nicht mindestens um eine Stufe verbesserte, konnte er sich von der Frühjahrssaison verabschieden.

Was sie betäubte, hat mich stark gemacht
Und was sie dämpfte, hat mich entflammt. – Still, horch!

Schon zu Shakespeares Zeiten hatten sich die Leute betrunken und sich ihr Leben verbaut – genau das, was Jake getan hatte und weshalb er jetzt diesen blöden Aufsatz schreiben musste. Wenn er nicht seinen Aufsatz über Hawthornes »Der scharlachrote Buchstabe« zwei Wochen zu spät abgegeben hätte und wenn er für seine Prüfungen gelernt hätte, anstatt sich mit Lara zu betrinken, müsste er jetzt nicht dieses Stück lesen.

Aber das ist Vergangenheit, dachte Jake. Er hatte ganz neu angefangen; er war bei den Anonymen Alkoholikern und auf dem richtigen Weg. Und selbst wenn Louise Kronenberger diesbezüglich so ihre Zweifel hatte, Jake hoffte wirklich, dass Lara jetzt ebenfalls trocken war.

Wie es zwischen ihm und Lara stand, wusste er allerdings selbst nicht so genau. Er hatte sich während der Weihnachtsferien geschworen die Beziehung zu beenden, und zwar in jener Nacht, als Lara in völlig betrunkenem Zustand sowohl Jake als auch Lucas beschimpft hatte, während sie Jakes ganzes Badezimmer voll kotzte.

Aber seit Lara bei den Passmores ausgezogen war, hatte sie keinen Tropfen Alkohol mehr angerührt. Und sie hatte ein Portrait von Jake gemalt und es ihm geschenkt, was so ziemlich das Netteste war, was irgendjemand jemals für ihn getan hatte. Natürlich konnte Jake sich denken, dass Laras Geschenk auch ein Versuch war ihn wieder zurückzugewinnen. Trotzdem sorgte er sich noch um sie und wollte ihr helfen. Vielleicht würde Lara irgendwann ihre Meinung über die Anonymen Alkoholiker ändern und er könnte sie zum Mitkommen überreden.

Nicht mehr mit Lara rumzuknutschen war einer von Jakes Neujahrsvorsätzen gewesen, und Jake hatte das jetzt schon einige Wochen durchgehalten. Dabei wollte er nur sichergehen, dass es Lara wirklich Ernst war damit, nicht mehr zu trinken.

»Macbeth, ja?«

Jemand setzte sich neben ihn. Jake blickte von seinem Buch auf und sah, dass es Aisha Gray war.

»Ja«, antwortete Jake.

Seine Überraschung musste offensichtlich gewesen sein. »Hör

mal, Jake«, fing Aisha an, »ich weiß, dass du wahrscheinlich denkst, ›Was will die denn von mir?‹«

»He«, sagte er mit einem Schulterzucken, »die Fähre ist klein.«

»Stimmt. Aber du und ich, wir sind nicht unbedingt . . . eng befreundet.«

Aisha und er gehörten zwar beide zur gleichen Clique und hatten viel Zeit mit den anderen zusammen verbracht, ganz besonders, als Jake noch mit Zoey gegangen war. Aber Jake konnte sich nicht erinnern sich jemals nur mit Aisha alleine unterhalten zu haben. Es war nicht so, dass sie einander nicht mochten. Es war nur so, dass Jake McRoyan und Aisha Gray einander nicht unbedingt etwas zu sagen hatten.

»Stimmt . . . wahrscheinlich nicht«, erwiderte Jake, unsicher, wohin dieses Gespräch führen sollte.

»Es ist nur, dass ich . . . na ja, ich brauche irgendwie die Meinung eines Jungen zu etwas, aber Lucas will sich nicht einmischen und Benjamin ist im Augenblick nicht ansprechbar, also . . .«

»Also bleibe ich übrig«, beendete Jake den Satz für Aisha.

»Genau. Ich meine, wenn es dir nichts ausmacht. Oder wenn du nicht zu beschäftigt bist«, sagte sie und deutete auf sein Buch. »Du musst ja nicht, oder so.«

Wenn sie die Meinung eines Jungen hören wollte, hatte es wahrscheinlich etwas mit Christopher Shupe zu tun. Jake wusste, dass die Sache zwischen Aisha und Christopher zuletzt ziemlich ernst geworden war. Aishas offensichtliche Verlegenheit erregte Jakes Neugier. Er schloss das Buch und legte es neben sich. »Worum geht's?«

Aisha seufzte. »Tja, ich weiß ja nicht, ob du es weißt oder nicht, aber Christopher ist inzwischen bei der Armee.«

Selbst wenn Christopher es ihm nicht selbst erzählt hätte, wüsste Jake dies. Schließlich war Lara bei den Passmores ausgezogen und in Christophers altes Apartment eingezogen. Und sie lebten auf einer winzigen Insel, wo Neuigkeiten sich wie ein Buschfeuer ausbreiteten. Was glaubte Aisha denn, wer er war? Nur ein blöder Sportler, der keine Ahnung hat, was um ihn herum vorgeht? »Ja, das wusste ich«, sagte Jake.

»Tja, er hat mich gefragt, ob ich ihn heiraten will, bevor er ging, und ich habe Nein gesagt.«

Auch darüber wusste Jake Bescheid, aber er schwieg.

»Es hatte nichts mit meinen Gefühlen für ihn zu tun«, fuhr Aisha fort und wurde immer lebhafter. »Es war einfach zu früh. Ich hätte von meiner Familie und meinen Freunden wegziehen und ein ganz neues Leben anfangen müssen. Ganz zu schweigen von der Frage, ob das mit dem College zu vereinbaren gewesen wäre. Ich war einfach der Meinung, dass wir zu jung dafür sind.«

Jake nickte. »Tja, es ist ja wirklich ein ziemlich großer Schritt.«

»Genau. Also verstehst du das?«

Was sollte das denn nun werden, ein Test oder was? »Es ist ziemlich klar.«

»Aber nicht für Christopher. Ich meine, ich habe ihm alles erklärt, aber er ist trotzdem sauer auf mich. Also, was ich überlege . . . Sollte ich ihm schreiben und versuchen das alles noch einmal zu erklären?«

Also doch – sie wollte einen Rat in Sachen Liebe. Sie hatte wahrscheinlich keine Ahnung, wie sehr er in seinem eigenen Liebesleben bisher Mist gebaut hatte. Zuerst Zoey, dann Claire, dann ein One-Night-Stand mit Louise und jetzt Lara. Nur, dass Lara eigentlich kein Fehler war. Zumindest glaubte er das nicht.

»Ich weiß nicht, Aisha«, antwortete Jake. »Es hört sich so an, als wüsste Christopher bereits genau, was los ist, aber wäre eben nicht gerade begeistert davon.«

»Also was bedeutet das? Soll ich ihm nun schreiben oder nicht?«

»Hör mal, Aisha. Jemanden zu fragen, ob er dich heiratet, ist eine ziemlich große Sache, Armee hin oder her. Selbst wenn du nicht mit ihm Schluss machen wolltest, hast du Christopher eindeutig zurückgewiesen.«

»Aber ich habe doch nicht ihn zurückgewiesen. Ich habe die Heirat zurückgewiesen.«

»So siehst du das. Aber für Christopher läuft das aufs Gleiche raus.«

Aisha sah betroffen aus. »Und was soll ich denn dann nun machen?«

»Manchmal muss man einfach nach vorne schauen. Die Vergangenheit vergessen und weitergehen.«

»Also soll ich ihm nicht schreiben?«

Jake hörte ein Lachen von der anderen Seite der Fähre. Er brauchte sich nicht umzudrehen, um zu wissen, dass es von Zoey kam.

»So schwer es sein mag, Aisha«, sagte er, »manchmal muss man einfach einen sauberen Schnitt machen. Wenn es vorbei ist, ist es vorbei.«

5

Zoey blickte an die Tafel. Es wurde immer schwieriger, in Französisch aufzupassen. Die Eisler laberte sich einen ab über das Plusquamperfekt, eine Zeitform, deren Zweck Zoey beim besten Willen nicht herausfinden konnte. Vielleicht hatte Nina Recht gehabt: Sie hätte den einfachen Weg einschlagen und Spanisch nehmen sollen.

Aber dann könnte sie nicht während des Unterrichts neben Lucas sitzen. Zoey warf einen Blick in Richtung ihres Freundes. Er sah genauso verloren aus, wie sie sich fühlte, und möglicherweise sogar noch ein bisschen stärker gelangweilt.

Was denkt Lucas wohl gerade?

Das war eine Frage, die sie sich seit dem gestrigen Abend stellte, als Lucas ihr Zimmer verlassen hatte, praktisch mitten in einer heftigen Knutscherei. Sie konnte das einfach nicht verstehen.War er immer noch sauer wegen der Sache mit Aaron Mendel?

So unauffällig wie möglich blätterte sie in ihrem Spiralblock weiter zu einem sauberen Blatt Papier.

> *Lucas,*
> *Das ist ja sooo langweilig! Ich kann einfach nicht aufpassen. Noch eine Minute und ich schlafe ein. Schreib zurück!*

Zoey unterschrieb. So jetzt musste sie nur noch ihre Nachricht unauffällig weiterleiten. Das Papier aus ihrem Block zu reißen

würde zu viel Lärm machen. Es war so still im Klassenzimmer, dass man die anderen atmen hören konnte.
Nein, sie würde warten müssen, bis die gute Madame Eisler sich umdrehte, um etwas an die Tafel zu schreiben. Sobald die Lehrerin ihr den Rücken zudrehte, würde Zoey den Notizblock auf Lucas' Tisch schieben. Da sie in der vierten Reihe an zwei nebeneinander stehenden Tischen saßen, würde die Lehrerin das überhaupt nicht bemerken.
Fast wie auf Kommando drehte Mme. Eisler sich zur Tafel. Aber Lucas' Ellbogen war im Weg. Zoey tippte ihn am Arm an und reichte ihm ihren Block. Das war nicht gerade verdeckt, aber es klappte.
Lucas kritzelte etwas zurück und sie tauschten heimlich Blicke aus. Es war ziemlich kindisch, sich während der Stunde Briefchen zu schreiben, aber es machte Spaß.
Als Mme. Eisler sich wieder zur Tafel drehte, reichte Lucas Zoey den Block zurück. Neugierig las Zoey seine Antwort.

Zoey,
ich wette, ich langweile mich noch viel mehr als du. Und wir haben immer noch 25 Minuten zu überstehen. Benjamin hatte Recht. Wir sollten alle öfter Schule schwänzen.
Aber probier's doch inzwischen mal damit, Mme. Eislers Grübchen zu betrachten. Das hält mich immer wach.
Lucas

Zoey musste ein Kichern unterdrücken. Das riesige Grübchen in Mme. Eislers Wange war nicht zu übersehen. Zumindest war es kein haariges Grübchen, sonst hätte niemand jemals in Französisch aufpassen können. Sie schrieb zurück:

Lucas,
das Grübchen ist ja hilfreich, aber nur ein wenig. Stattdessen überlege ich jetzt, was ich nach der Schule tun soll. Ich glaube, ich werde mit Aisha einen Einkaufsbummel machen. Sie ist wirklich ziemlich fertig wegen Christopher. Ein Einkaufsbummel würde sie bestimmt aufmuntern. Kommst du mit? Ich verspreche auch, dass wir nicht ständig Kleider anprobieren werden.
Bitte, ja?
Schreib zurück!
Zoey

Als Mme. Eisler auf ihr Lehrbuch schaute, reichte Zoey ihren Block wieder zu Lucas hinüber. Wenn sie erwischt wurden und Mme. Eisler ihre Mitteilungen las, wäre das nicht nur peinlich, sondern hätte dank der Grübchendiskussion wahrscheinlich auch noch Einfluss auf ihre Noten.

Zoey gestattete sich einen kurzen Blick in Lucas' Richtung. Er schrieb immer noch, schnell und eifrig. Ein paar Minuten später lag der Block wieder auf ihrem Tisch.

Zoey,
ihr beiden könnt euch doch unmöglich so zusammennehmen. Auf keinen Fall würde ich die ganze Zeit irgendwo herumhängen und auf euch warten. Aber

ich kann sowieso nicht mitkommen.
Wegen des Theaters mit Benjamin heute Morgen habe ich ganz vergessen dir was zu erzählen: Bei uns wird für eine Weile ein Mädchen einziehen – Kate Levin.
Ich habe dir doch mal erzählt, dass die Eltern meiner Mutter ihre Nachbarn im Keller versteckt hatten. Du weißt schon, weil die Nazis Holland besetzt hatten und die Leute, die neben meinen Großeltern wohnten, Juden waren. Also, Anne (die Tochter der Nachbarn) und meine Mutter waren richtig gute Freundinnen. Anne lebt jetzt in New York, aber ihre Tochter Kate hat gerade am New England Art Institute angefangen – Fotografie oder so, hat meine Mutter gesagt. Jedenfalls ist irgendetwas mit Kates Unterkunft schief gelaufen und deshalb muss sie eine Weile bei uns unterkommen, bis das mit ihrem Zimmer geklärt ist. Meine Mutter erzählte mir gestern Abend, dass Kate heute kommt, also muss ich nach Hause und ihr beim Vorbereiten helfen oder so was.
Aber ich wünsche dir trotzdem viel Spaß, auch ohne mich!
Lucas

Zoey blickte von ihrem Block auf. Ein Mädchen namens Kate würde bei den Cabrals wohnen? Sie warf Lucas einen verblüfften Blick zu. Er zuckte mit den Schultern und gab damit zu verstehen, dass auch er das merkwürdig fand.
Zoey schrieb schnell zurück.

Wie ist Kate denn?

Diesmal reichte sie Lucas den Block, ohne darauf zu warten, dass Mme. Eisler sich zur Tafel drehte. Die Stunde dauerte sowieso nur noch fünf Minuten.

Lucas antwortete und reichte Zoey den Block ebenfalls ohne irgendwelche Vorsichtsmaßnahmen.

Ich habe wirklich keine Ahnung. Als ich sie das letzte Mal sah, war sie elf und ich zehn.

Zoey dachte einen Moment nach, dann schrieb sie:

War sie hübsch?

»Zoey, qu'est-ce tu fais?« Mme. Eislers nasale Stimme tönte durchs Klassenzimmer. Alle drehten sich um und starrten Zoey an, deren Arm noch ausgestreckt war. In ihrer Hand befand sich der Block.

»Nichts«, sagte Zoey. Sie merkte, wie ihr die Röte in die Wangen stieg.

Mme. Eisler sah sie nachdrücklich an. »Ich hoffe, es war nichts!«, sagte sie drohend, bevor sie mit ihrem Unterricht fortfuhr. Zoey hatte Glück gehabt und war mit einer Rüge davongekommen.

Sie drehte sich zu Lucas, der sie mit einer Geste wissen ließ: »Tut mir Leid.«

Ich muss wohl warten, bis ich mehr über Kate Levin herausfinde, dachte sie. Und über Lucas' plötzliches Desinteresse an Sex.

»He, Nina, warte«, rief Aisha durch den überfüllten Flur. Sie sah, wie Nina stehen blieb und sich umdrehte.

»Wo brennt's denn?«, fragte Nina.

»Im Einkaufszentrum«, erwiderte Aisha. »Zoey und ich machen nach der Schule einen Einkaufsbummel. Hast du Lust mitzukommen?«

Nina schüttelte den Kopf. »Nein, danke«, sagte sie. »Ich werde Benjamin besuchen.«

Aisha verspürte ein leichtes Schuldgefühl. Sie war heute Morgen so in Gedanken über Christopher vertieft gewesen, dass sie gar nicht richtig auf Nina geachtet hatte. Und während der Mittagspause hatte sie in der Bibliothek ihre Physikhausaufgabe gemacht und daher auch mittags keine Gelegenheit gehabt mit Nina zu reden. Sie war vielleicht eine Freundin!

»Ja, das ist wahrscheinlich eine gute Idee«, sagte Aisha aufmunternd.

Nina verdrehte die Augen. »Ich hoffe es jedenfalls.«

»Weißt du, Zoey und ich gehen eigentlich auch nur, um mich aufzuheitern«, sagte Aisha. »Aber jetzt glaube ich langsam, dass du eigentlich diejenige bist, die ein bisschen Ablenkung braucht.«

»Vielleicht ein andermal, Ash«, sagte Nina und ging weiter. »Aber danke für das Angebot.«

»Sag Benjamin einen schönen Gruß von mir!«, rief Aisha ihr nach, bevor ihre Freundin in ein Klassenzimmer verschwand.

Aisha dachte an den Tag zurück, als sie Benjamin geholfen hatte, ins Internet zu kommen. Mit Aishas Hilfe hatte Benjamin Informationen über die Operationsmethode erhalten, mit der die Ärzte im Boston General arbeiteten, um Patienten wie Benjamin das Augenlicht wiederzugeben. Damals hatte er Aisha schwören lassen, dass sie es niemandem weitersagte. Sie hatte es ihm versprochen, aber

sie hatte seinen Wunsch nach Geheimhaltung nie richtig verstanden.
Jetzt verstand sie ihn. Er hatte nicht gewollt, dass sich alle wahnsinnige Hoffnung machten und dann enttäuscht wurden. Jetzt musste vor allem er selbst mit dieser Enttäuschung fertig werden. Sie wünschte, es gäbe etwas, was sie für ihn tun konnte.
Aisha spürte eine feste Hand auf ihrer Schulter.
»Aisha Gray, ich habe schon nach dir gesucht!« Eine der Vertrauenslehrerinnen, Mrs Homes, starrte durch ihre Nickelbrille auf sie herunter. Die Brille, ihre langen ergrauenden Haare und der Batik-Rock ließen Aisha unwillkürlich daran denken, dass die Sechziger doch eigentlich schon lange vorbei waren.
»Hi, Mrs Homes«, grüßte sie.
Anders als einige ihrer Mitschüler gehörte Aisha nicht zu denen, die ihr Herz dem Vertrauenslehrer ausschütteten, nur um sich vor irgendeiner Stunde zu drücken. Um genau zu sein, die längste Zeit, die sie jemals im Büro eines Vertrauenslehrers verbracht hatte, war ungefähr zehn Minuten gewesen.
»Weswegen denn?«, fragte Aisha und hoffte, dass nicht etwas mit ihrer Collegeempfehlung schief gegangen war.
»Ich habe ganz wunderbare Neuigkeiten«, zirpte Mrs Homes und alle drei Kinnpartien wabbbelten. »Du bist in die Endausscheidung für das Westinghouse-Stipendium gekommen! Ist das nicht wunderbar?«
»Das Westinghouse-Stipendium?« Aisha hatte keine Ahnung, worüber Mrs Homes sprach.
»Ja«, antwortete die Lehrerin eifrig. »Es wird jedes Jahr an den besten Schüler in den naturwissenschaftlichen Fächern vergeben und du hast eine gute Chance es zu bekommen.«
»Wow!«, rief Aisha aus. Dabei hatte sie es doch kaum geschafft, ihre Physikhausaufgabe rechtzeitig zu machen. »Gibt es irgendetwas, was ich tun muss?«

»Alles, was du tun musst, ist kontinuierlich weiterzulernen. Die naturwissenschaftliche Abteilung wird ihre Entscheidung Ende März treffen, also musst du einfach bis dahin gute Arbeit leisten!«
»Das werde ich«, sagte Aisha und merkte, wie ihre Augen vor Erstaunen groß wurden. »Vielen Dank für die Mitteilung, Mrs Homes.«
»Oh, es war mir ein Vergnügen«, erwiderte die Lehrerin und drückte noch einmal Aishas Schulter. »Das ist eine große Chance, Aisha. Wenn du das Stipendium bekommst, kannst du damit rechnen, von praktisch jedem College angenommen zu werden, an das du willst.«
Zum ersten Mal seit langer Zeit hätte Aisha am liebsten einen Luftsprung vor Freude gemacht. Die naturwissenschaftlichen Fächer waren immer ihre Stärke gewesen. Die beste Schülerin in Naturwissenschaft! Ein Stipendium! An jedem College angenommen zu werden, an das sie wollte! Plötzlich brauchte Aisha gar keinen Einkaufsbummel mehr zur Aufheiterung.
Doch halt, sie war nur in der Endausscheidung. Sie hatte immer noch fast zwei Monate zu überstehen, bevor sie wusste, ob sie das Stipendium gewonnen hatte oder nicht. Zwei Monate, in denen sie gnadenlos hart arbeiten musste, um in jeder Hausaufgabe in Physik, jeder Stegreifaufgabe und jeder Schulaufgabe die Beste zu sein. Zwei Monate, in denen sie sich keinerlei Ablenkung erlauben durfte.
Keinerlei Ablenkung, wie zum Beispiel an Christopher zu denken.

6

Benjamin lag auf der Couch und streckte den Arm zum Couchtisch aus. Er tastete nach der Tüte mit dem Mikrowellen-Popcorn, das er vor einer Stunde erhitzt hatte, und hoffte, dass er die Entfernung nicht falsch einschätzte und den ganzen Inhalt über den Boden verstreute.

Ein Stück entfernt röhrten Dinosaurier. Zumindest hielt Benjamin es für Dinosaurier. Er hatte Jurassic Park in den Videorekorder eingelegt und viel Gerede über Tyrannosaurier und so weiter gehört, aber natürlich konnte er nicht sicher sein, ob die lauten Schreie, die aus dem Fernsehgerät kamen, wirklich zu prähistorischen Tieren irgendeiner Art gehören sollten.

»Hi«, rief eine Stimme vom anderen Ende des Zimmers.

Nina. Benjamin überlegte, wo er die Fernbedienung hingelegt hatte. Der Ton war so laut, dass er Nina nicht hereinkommen gehört hatte.

»Wie läuft's denn so?« Nina beugte sich vor, um ihm einen Kuss auf die Wange zu geben, und Benjamin wurde vom Duft ihres Shampoos abgelenkt. Pfirsich.

Dabei würde es bleiben: die Freundin am Duft eines Haarprodukts zu erkennen. Als Nächstes würde er wahrscheinlich gleich einem Hund zur Identifizierung an jedem schnüffeln.

»Blind, wie eh und je«, sagte er.

Das einzig Gute am Blindsein ist, dass ich immer noch die unangenehme Stille genießen kann, dachte er, als Nina keine Antwort auf seine spitze Bemerkung gab.

Erst nach ungefähr einer Minute sagte Nina wieder etwas. »Tja, du hast einen weiteren aktionsgeladenen Donnerstag an der Weymouth High versäumt. Die Makkaroni mit Käse hatten ihre übliche beige Färbung und schmeckten wie eine Kombination aus Pappe und Schnecken. Und ich habe meine Ex in Amerikanischer Geschichte zurückbekommen. Einundsechzig Punkte. Das Schlimme ist, ich hatte noch Glück.«

Benjamin ließ ein mitfühlendes Schnauben hören. Nina war nicht die Einzige, deren Noten im Keller waren.

»Ach ja, und ein neues Mädchen zieht heute bei den Cabrals ein«, fügte Nina hinzu. »Eine Freundin der Familie.«

Toll, dachte Benjamin, ein weiteres Paar Schritte, das ich mir merken muss.

»Mit anderen Worten, du hast nicht viel versäumt«, schloss Nina.

»Welch eine Überraschung.«

»Jurassic Park, ja? Ich habe gar nicht gewusst, dass du ein Spielberg-Fan bist.«

»Na ja, er sieht die Welt mit den Augen eines Kindes«, erwiderte Benjamin. »Was mehr ist, als ich für mich selbst behaupten kann.«

Er hörte Nina seufzen und spürte, wie die Couchkissen bewegt wurden. Sie musste sich nach vorne gebeugt haben, um die anderen Filme zu inspizieren, die seine Mutter für ihn ausgeliehen hatte: Timecop, Terminator 2 – Das Jüngste Gericht und Alien. Sich mit praktisch handlungslosen Filmen zuzudröhnen, die mehr oder weniger nur aus Spezialeffekten bestanden, schien eine angemessene Art und Weise, seinen Kummer zu ersticken. Die Hälfte der Zeit hatte er überhaupt keine Ahnung, was in den Filmen vorging.

»Interessante Auswahl«, meinte Nina. »Welche kennst du denn schon?«

»Um die Wahrheit zu sagen, ich weiß es eigentlich gar nicht«, antwortete er. Seine Mutter hatte die Filme erst vor kurzem mit nach Hause gebracht und Benjamin hatte noch keinen davon gesehen. Stattdessen hatte er den Nachmittag damit verbracht,

sich Seifenopern anzuhören und zu wünschen, er läge im Koma wie jemand namens Tad.
»He, warum sehen wir uns nicht einen zusammen an? Ich beschreibe dir dann immer die besonders gewalttätigen Szenen«, bot Nina an.
»Das würde irgendwie meine Absichten durchkreuzen«, antwortete Benjamin.
Wieder herrschte Schweigen. Benjamin konnte die gespannte Atmosphäre zwischen ihnen spüren. Warum tat er ihr das an? Sie wollte ihm doch nur helfen.
»Weißt du, was du für mich tun könntest?«, sagte er.
»Was denn?«, fragte Nina bereitwillig.
Du könntest mir etwas zu trinken besorgen.«
Er merkte, wie sie von der Couch aufsprang. »Klar. Was willst du denn? Eine Cola?«
»Nein«, erwiderte Benjamin. »Die könnte ich mir auch selbst holen. Irgendwas Alkoholisches.«
Benjamin hatte niemals vorher besondere Lust verspürt sich zu betrinken, aber jetzt schien die perfekte Gelegenheit damit zu beginnen. Vielleicht würde ein Rausch seine Gedanken von allem anderen ablenken. Da er keine Ahnung hatte, wo seine Eltern den Alkohol aufbewahrten, gehörte auch das zu den Dingen, die er allein nicht tun konnte. Bei seinem Glück würde er ohnmächtig zu Boden sinken, weil er Spiritus erwischt hatte.
»Was?« Benjamin konnte die Überraschung in Ninas Stimme hören.
»Ich will etwas Richtiges zu trinken.«
»Ich weiß nicht, ob das eine so gute Idee ist, Benjamin.«
»Fang nicht an mich zu bemuttern, Nina«, erwiderte er. »Schließlich bin ich neunzehn Jahre alt. Falls du es vergessen haben solltest.«
»Ich habe es nicht vergessen und ich bemuttere dich auch nicht. Ich glaube nur nicht, dass es dir besser gehen wird, wenn du dich betrinkst.«

»Und woher willst du wissen, wodurch es mir besser gehen wird, Nina? Vielleicht kann es mir überhaupt nicht besser gehen, also kann ich mich genauso gut einfach voll laufen lassen.«
»So bist du doch gar nicht, Benjamin. Du klingst ja schon wie Lara.«
Benjamin wusste, dass Nina seine gestörte Halbschwester anführte, damit er seine Meinung änderte. »Tja, vielleicht liegt es in der Familie«, erwiderte er.
»Benjamin.« Nina nahm seine Hand. »Du brauchst nicht zu trinken. Und du brauchst das auch nicht allein durchzustehen. Warum redest du nicht stattdessen einfach mit mir? Ich will dir doch helfen.«
Ihre Stimme zitterte vor Gefühlen und Benjamin sehnte sich plötzlich danach, sie zu trösten und sich von ihr trösten zu lassen.
»Bitte, Benjamin«, sagte Nina leise. »Ich kann es nicht aushalten, dich so zu sehen.«
Wie muss ich wohl auf sie wirken, fragte er sich – auf der Couch liegend mit meiner verschmierten Ray-Ban-Sonnenbrille und dem ungewaschenen Haar? Er hatte sich seit Tagen nicht mehr geduscht. War es Mitleid, das sie empfand?
Er zog seine Hand zurück. »Wenn du mir helfen willst, besorg mir irgendeinen Schnaps. Wenn nicht, kannst du genauso gut gehen.«

Nina hatte die letzten zwanzig Minuten praktisch in der Luft verbracht. Sie war nicht mehr auf ihrem Bett herumgesprungen, seit sie zehn Jahre alt gewesen war, aber plötzlich hatte sie das Bedürfnis gehabt ihren Frust abzulassen. Sie setzte sich erschöpft und merkte, wie ihr Kopf anfing zu klopfen.
Vielleicht sollte sie die Musik leiser drehen. Als sie von dieser furchtbaren Szene mit Benjamin nach Hause gekommen war, hatte sie »Nirvana« gehört, so laut ihre Anlage es hergab. Auch Kurt Cobain war deprimiert und wütend gewesen. Unglücklicherweise hatte er mit einer Kanone im Mund geendet.

Vielleicht war Nirvana doch nicht so eine gute Wahl, dachte Nina und drückte die Stopp-Taste.
Sie ließ sich auf den Rücken fallen und blieb ausgestreckt auf ihrem Bett liegen, das jetzt in völliger Unordnung war. Nina starrte an die Decke und versuchte an etwas anderes zu denken als an Benjamin, was ihr aber nicht gelang.
War es falsch gewesen, wegzugehen? Sie hatte Benjamin keinen Alkohol besorgen wollen. Selbst wenn sie es geschafft hätte, in der Küche der Passmores herumzuschnüffeln und nach Alkohol zu suchen, glaubte Nina nicht, dass es eine gute Idee war, wenn Benjamin ausgerechnet jetzt anfing zu trinken. Sich blöd zu benehmen, falsch loszugrölen und sich zu übergeben würde ihn auch nicht gerade aus seiner Depression holen.
Aber was könnte das denn? Nina hatte ihr Bestes versucht ihm zu helfen, aber bis jetzt hatte gar nichts auch nur ansatzweise funktioniert. Sie hatte langsam den Verdacht, dass Benjamin ihre Gegenwart fürchtete. Vielleicht hatte Zoey Recht und Benjamin wollte im Augenblick mit niemandem reden, aber andererseits war Nina doch nicht einfach irgendjemand. Sie waren ein Paar. Sie liebten einander angeblich.
Nina erhob sich von ihrem Bett und begann im Zimmer auf und ab zu gehen.
Sie brauchte jemanden, mit dem sie reden konnte. Nina blickte auf die Uhr. Viertel nach fünf. Im Augenblick wäre es im Passmore's bestimmt nicht allzu hektisch, wahrscheinlich bereiteten sie gerade alles für das Abendessen vor.
Zeit für ein weiteres vertrauliches Gespräch mit Mrs P., dachte Nina, als sie aus ihrem Zimmer ging. Warum sollte sie nicht mit Benjamins Mutter darüber reden? Es konnte nicht annähernd so peinlich sein, wie mit ihr über Ninas und Benjamins Sexleben zu reden, wie sie es schon getan hatte.
Nina öffnete die Haustür, um zum Passmore's hinunterzulaufen,

und rannte praktisch in Claire, die zu beschäftigt war die Post durchzuschauen, um zu sehen, wohin sie ging.
»Wohin willst du denn in solcher Eile?«, fragte Claire und hob eine ihrer perfekt gezupften Augenbrauen. »Zu Benjamin?«
»Nein, Claire, ich war bereits dort. Ich muss zu jemand anderem. Es ist ziemlich wichtig, also wenn es dir nichts ausmacht, beiseite zu gehen . . .«
»Mach ich gleich«, unterbrach Claire sie und versperrte Nina immer noch den Weg, »aber zuerst will ich noch kurz mit dir reden." Nina verdrehte die Augen. »Claire, bitte verhex mich heute nicht! Ich habe zur Zeit andere Dinge im Kopf.«
»Das weiß ich und deshalb will ich ja auch mit dir reden.«
Claire sah aus, als sei es ihr todernst. Sie hatte sogar die Bemerkung mit dem Verhexen hingenommen, ohne zumindest ein gelangweiltes Schnauben von sich zu geben. Nina sah ihrer Schwester in die Augen. Bei jemand anderem als Claire hätte sie gedacht, sie sähe darin einen Ausdruck der Besorgnis.
»Was ist?«, Nina versuchte eher gelangweilt als verblüfft zu klingen.
»Hör mal, Nina«, begann Claire, »ich weiß, dass Benjamin deprimiert ist. Ich weiß, dass er Schule schwänzt – was ihm überhaupt nicht ähnlich sieht. Und ich weiß, dass du jedes Mal, wenn du von ihm kommst, entweder lautstark Musik hörst oder in klirrender Kälte vor dem Haus auf und ab gehst.«
»Ich hatte ja keine Ahnung, dass du Buch über mich führst, Claire. Ich bin gerührt.«
»Du kannst so sarkastisch sein, wie du willst, Nina. Ich mache mir wirklich Sorgen. Wir sind vielleicht nicht gerade die besten Freundinnen . . .«
»Da hast du Recht.«
». . . aber ich möchte, dass du weißt, dass ich für dich da bin, wenn du mit jemandem reden möchtest.«
»Vielen Dank . . . oder so«, erwiderte Nina lahm.

»Es ist mein Ernst, Nina«, sagte Claire, trat ins Haus und gab den Weg für Nina frei. »Jederzeit.«

Claire wollte für sie da sein? Nina blieb einen Moment verwirrt stehen. Konnte Claire tatsächlich ihre Mächte zum Guten statt zum Bösen einsetzen?

Nina schüttelte den Gedanken ab, als sie die Treppe hinunterging. Sie konnte es sich nicht erlauben, sich von Claires plötzlicher Mitgefühlstour ablenken zu lassen. Sie musste herausfinden, was sie Benjamins wegen unternehmen konnte.

7

Claire stieg die Treppe zu ihrem Zimmer hinauf. Sie war sehr zufrieden mit sich. Statt sich in egoistischer Freude über einen Brief von Aaron zu ergehen, hatte sie sich um ihre Schwester gekümmert. Sie hatte sich gut dabei gefühlt, Nina ihre Hilfe anzubieten.

Nachdem sie nun ihre gute Tat des Tages vollbracht hatte, eilte Claire in ihr Zimmer, voller Freude darauf, Aarons Brief zu öffnen und jedes einzelne Wort zu verschlingen. Es war der erste richtige Liebesbrief, den sie jemals erhalten hatte.

Lucas und Jake waren nicht gerade die großen Briefeschreiber gewesen und Claires Beziehung zu Benjamin hatte darin bestanden, jegliche Art von Selbstdarstellung zu vermeiden. Bei ihrer kurzen Internet-Beziehung mit einem Jungen namens Flyer hatten sie zumindest so etwas Ähnliches wie Liebesbriefe ausgetauscht, aber das war zu einem abrupten Ende gekommen, sobald sie sich erst einmal persönlich gegenübergestanden hatten. Und außerdem waren sie und Flyer niemals ein Paar gewesen, nur ein mögliches Paar.

Claire zog ihren Mantel aus und machte es sich auf dem Bett bequem. Sie wollte sich Zeit lassen und Ruhe bewahren. Sie musste gegen den Drang ankämpfen, den Brief aufzureißen und ihn sofort zu verschlingen. Wenn sie ihn las, wollte sie ruhig und gelassen sein.

Sie holte tief Luft und mit einem Lächeln auf den Lippen öffnete sie den Umschlag und zog den Inhalt heraus. Auf dem Bauch liegend begann sie zu lesen.

3. Februar, 12.30 nachts

Liebe Claire,

wieder einmal eine Nacht, in der ich lange wach bin, um zu lernen. Wer hat eigentlich behauptet, das letzte Jahr an der Schule sei kinderleicht?

Ich wünschte, ich könnte dich anrufen, um dir Gute Nacht zu sagen, aber ich bezweifle, dass Burke allzu begeistert wäre über einen mitternächtlichen Anruf von seinem zukünftigen Stiefsohn. Außerdem schläfst du wahrscheinlich schon längst.

Vielleicht bist du aber auch auf deiner Aussichtsplattform – in eine Decke gehüllt – und dein Haar weht im Wind. Das bezaubernde Mädchen, das ihre kleine Insel unter ihrem Bann hat und alles von ihrem Lieblingsplatz aus beobachtet. Ich wünschte, ich wäre dort bei dir und wir könnten den nächtlichen Winterhimmel betrachten und uns Pläne ausdenken, wie wir unseren Unfug mit den armen, unwissenden Seelen unter uns treiben können. Oder auch nur, um dich in einer kalten Winternacht warm zu halten.

Aber ich bin nicht dort. Ich bin in meinem einsamen kleinen Zimmer, in dem es unerträglich heiß ist (das ist der Nachteil an den netten alten Häusern, du kannst niemals die Heizung regulieren) und natürlich unordentlich. Und alles, was ich habe, um mich an das geheimnisvolle Mädchen von dieser kalten Insel in Maine zu erinnern, ist ein einziges lausiges Foto. Natürlich kann es ihr nicht gerecht werden. Aber diese kleine Erinnerung wird für jetzt genügen müssen.

Ich hatte gehofft, dass ich müde würde, während ich das hier schreibe, aber an dich zu denken hat mich nur noch wacher gemacht. Obwohl du meilenweit weg bist, lässt du mich dennoch nicht zur Ruhe kommen, Claire.

Ich wollte dir das Folgende eigentlich am Telefon sagen, aber jetzt schreibe ich es dir doch gleich heute. Ein Mädchen von einem anderen Internat veranstaltet am Valentinstag eine große Party in Portland. Ein paar Leute von uns fahren hin, was bedeutet, ich kann ziemlich einfach eine Mitfahrgelegenheit bekommen. Aber nur, wenn du mich dort triffst! So könnten wir am Valentinstag zusammen sein.

Bitte komm, Claire! Ich weiß nicht, wie es dir geht, aber ich hatte nie vorher jemanden, mit dem ich am Valentinstag wirklich zusammen sein wollte. Wir könnten die Party auslassen und etwas anderes zusammen machen, nur wir beide. Ich weiß, du wirst einen Weg finden Burke zu überreden, dir das Auto zu geben. Schließlich ist es zum Besten unserer netten neuen Familie, stimmt's?

Ich werde jetzt Schluss machen, Claire, um dich in meinen Träumen zu treffen.

Alles Liebe,

Aaron

Claire faltete den Brief zusammen und seufzte vor Zufriedenheit tief auf. Valentinstag mit Aaron! Natürlich würde sie dorthin fahren. Und sie hatte vor es zu einer Nacht zu machen, die keiner von ihnen beiden jemals vergessen würde.

»Willst du, dass ich die hier aufhänge, oder was?«, fragte Lucas. In seinen Händen hielt er zwei gerahmte Schwarzweiß-Fotos.
»Ähm, ich weiß nicht.« Kate sah von ihrem überquellenden Koffer auf und fuhr sich mit einer Hand durch ihr langes, rotes Haar. »Ich könnte in einer Woche schon wieder weg sein und es wäre mir unangenehm, nur für so kurze Zeit Nägel in die Wand zu schlagen.«
»Stimmt«, pflichtete Lucas ihr bei und stellte die Fotos auf die Kommode, die er vom Keller heraufgeholt hatte. Er hatte alle möglichen schweren Dinge in das Zimmer geschafft und wollte sich jetzt möglichst schnell zurückziehen.
»Also, ich mach dir jetzt lieber Platz und lass dich auspacken«, sagte er.
»Meinetwegen musst du nicht gehen«, erwiderte Kate. »Ich freue mich über Gesellschaft.«
Kate war eigentlich ganz anders, als Lucas erwartet hatte. Abgesehen davon, dass sie ganz in Schwarz gekleidet war, schien sie nicht die snobistische Künstlerin zu sein, die er befürchtet hatte. Lucas war nicht gerade gut darin, Smalltalk zu machen, aber es wäre sicher unhöflich gewesen, sofort zu gehen. Und seine Mutter hatte ihnen beiden bereits einen längeren Vortrag darüber gehalten, dass sie es gar nicht erwarten konnte, dass sie beide sich näher kennen lernten. Mrs Cabral bat nie um viel – weder von ihrem einzigen Sohn noch von sonst jemandem. Lucas wollte sich zumindest bemühen.
Er nahm die Fotos von der Kommode und betrachtete sie genauer. Eines zeigte einen Zaun und Sand, aber bei genauerer Betrachtung erkannte Lucas, dass es eigentlich gar nicht der Zaun selbst war, sondern sein Schatten. Das andere Foto zeigte ein Kleinkind auf einem Spielplatz, das versuchte seinen Schatten zu berühren. Auf jedem Foto befand sich in der unteren Ecke Kates Signatur.
»Die sind wirklich gut«, rief Lucas aus.
»Danke«, erwiderte Kate. »Die beiden sind meine Lieblingsfotos.

Sie waren Teil einer Serie, die ich beim Studium von Schatten gemacht habe. Dabei habe ich den Schwarzweiß-Film schätzen gelernt. Man kann die Feinheiten des Schattens viel besser erkennen als in Farbe.«

Also doch der Künstler-Typ.

»Ja«, stimmte Lucas ihr zu, weil er nicht wusste, was er sonst sagen sollte. Jetzt hält sie dich sicher nicht mehr für einen völligen Idioten, dachte er sarkastisch. Nicht nach einer solch brillanten Antwort.

Sie schwiegen eine Weile, während Kate fortfuhr ihren Koffer auszupacken. Plötzlich hielt Kate inne, drehte sich zu Lucas um und sah ihn an.

»Lucas«, begann sie, »ich möchte, dass du weißt, dass ich dich immer als Verwandten betrachtet habe. Ich hab gesehen, wie du vorhin deine Augen verdreht hast, als deine Mutter es sagte, aber ich hoffe wirklich, wir können uns besser kennen lernen, solange ich hier bin. Ich meine, wenn deine Großeltern nicht gewesen wären, wäre ich wahrscheinlich niemals geboren worden.«

»Klar«, erwiderte Lucas. Was auch immer. Sie wollte höflich sein. Sie wohnte schließlich in seinem Haus.

»Ich meine«, fuhr Kate fort, »ich weiß, dass du mich immer für ziemlich bescheuert gehalten hast oder so . . .«

»Was?« Lucas war ehrlich überrascht. »Ich habe dich nie für bescheuert gehalten. Du warst diejenige, die mich für einen Idioten vom Land gehalten hat.«

»Nein, das habe ich nicht«, rief Kate aus. »Ich habe dich für total cool gehalten, weil du ein Mountainbike hattest und immer mit deinem Vater fischen gegangen bist.«

»Und ich hielt dich immer für so, na ja, so erwachsen, weil du Kaffee getrunken hast.«

»Tja, ich habe tatsächlich eine Maschine«, sagte sie und deutete auf eine Mini-Kaffeemaschine auf ihrem Bett.

»Das habe ich bereits bemerkt«, sagte Lucas mit einem Grinsen.

Sie lachten beide.
»Ich muss dir gestehen«, sagte Kate, »dass ich mich anfangs wirklich ein wenig komisch gefühlt habe, dass ich hier wohnen soll. Aber jetzt bin ich irgendwie froh.«
»Ja«, sagte Lucas. »Ich habe auch ein gutes Gefühl dabei. Wer weiß? Wir könnten doch noch gute Freunde werden und damit den größten Wunsch meiner Mutter erfüllen.«
»Den meiner auch«, sagte Kate.
Sie ging durchs Zimmer und umarmte Lucas.

Zoey spürte, wie ihr Magen sich zusammenkrampfte, als die Fähre an der Insel anlegte. Statt ins Einkaufszentrum zu gehen, waren sie und Aisha nach Portsmouth gefahren und hatten heiße Schokolade und Pommes verzehrt. Jetzt rächten sich Zoeys Innereien für das viele Fett und den Zucker. Was hatte sie sich nur gedacht, als sie die zweite Portion Pommes bestellt hatte?
Zoey lief nach Hause. Aisha war nicht mitgekommen, sie hatte noch in die Bibliothek gehen und lernen und dann die Fähre um zwanzig vor acht nehmen wollen.
Zoey freute sich für Aisha über das in Aussicht gestellte Stipendium. Es würde ihre Freundin für die nächsten Wochen wahrscheinlich noch mehr in eine Streberin verwandeln, aber es war gut, dass Aisha etwas hatte, was sie von Christopher ablenkte. Jetzt würde Aisha auch am Valentinstag etwas haben, das sie beschäftigte. Zoey war selbstsüchtig dankbar dafür, denn es gibt nichts Schlimmeres als eine zynische, deprimierte Freundin, um einem den Spaß an diesem Tag zu rauben. Jahrelang hatte Zoey sich Ninas Theorien anhören müssen, die eine größere Verschwörung diesen Tag betreffend vermutete, an der die ganze Blumen-, Süßwaren- und Grußkartenindustrie beteiligt war.
Aber dieses Jahr war der Tag für Zoey etwas Besonderes. Schließlich war es ihr erster Valentinstag mit Lucas. Sie wollte

sichergehen, dass er ihr ein für alle Mal die Sache mit Aaron Mendel verzieh.
Außerdem liebte Lucas sie wirklich. Und sie liebte ihn. Das war Grund genug für einen besonderen Valentinstag.
Vor lauter Aufregung über die Sache mit dem Stipendium hatte Zoey fast Lucas' Neuigkeiten vergessen. Sie blickte auf ihre Uhr. Halb sechs. Sie bog in die South Street ein. Ihre Neugier wuchs und Zoey beschloss ihre Sachen zu Hause abzuladen und dann zu Lucas zu gehen, um einen ersten Blick auf Kate Levin zu werfen.
Wie sich herausstellte, brauchte sie gar nicht so lange zu warten. Während Zoey auf ihre eigene Haustür zuging, blickte sie hinauf zum Haus der Cabrals. Sie kniff die Augen zusammen, um sicherzugehen, dass die untergehende Sonne ihr keinen Streich spielte. Aber es gab keinen Zweifel.
Am Fenster im ersten Stock konnte Zoey sehen, wie Lucas ein rothaariges Mädchen umarmte. Und selbst aus dieser Entfernung konnte Zoey feststellen, dass es ein sehr hübsches Mädchen war.

8

Jake merkte, wie die Sätze vor seinen Augen immer wieder verschwammen. Es kam ihm vor, als hätte er jahrelang am Schreibtisch gesessen und an seinem Aufsatz über Macbeth geschrieben. Aber die letzten fünf Minuten war er unfähig gewesen auch nur ein Wort zu schreiben.

Er blickte auf die Uhr auf seinem Nachttisch. Zwölf Minuten nach zehn. Es war spät, aber nicht zu spät. Jake wusste, er war zu kaputt, um noch weiterzuarbeiten, aber er war immer noch zu aufgedreht, um zu schlafen.

Jake ließ sich auf den Boden fallen und machte fünfzig Liegestütze. Noch vor gar nicht so langer Zeit hätte er etwas ganz anderes getan, da wäre er nämlich zum Schnapsschrank gegangen. Aber jetzt nicht mehr. Jake war sich sicher, dass er diesmal trocken bleiben würde.

Sein Blick fiel auf Laras Gemälde, das er noch auf seiner Kommode stehen hatte. Er war immer noch gerührt von der Anstrengung, die Lara in ihre Arbeit gelegt hatte. Es gab Jake das Gefühl etwas Besonderes zu sein, und das hatte er nicht mehr gefühlt, seit Zoey mit ihm Schluss gemacht hatte.

Es sagte auch viel darüber aus, wie Lara ihn sah. Auf dem Bild lächelte Jake und wirkte freundlich. Er sah aus wie jemand, auf dem man sich verlassen konnte und der einen verstand. Was merkwürdig war, denn in den Wochen, bevor es gemalt wurde, hatte Jake sich alles andere als zuverlässig gefühlt. Er war dabei gewesen, sein Leben die Toilette hinunterzuspülen, genau wie sein Bruder Wade es ein paar Jahre zuvor gemacht hatte.

Aber Lara vertraute ihm. Es gab Jake ein gutes Gefühl, zu wissen, dass jemand an ihn glaubte und ihn brauchte.

Jake schaute wieder auf die Uhr. 10 Uhr 21. Es war noch nicht zu spät, Lara zu besuchen. Er wusste vielleicht nicht, wie es mit ihnen beiden weitergehen würde, aber zumindest wusste er, dass es ihm gefiel, mit ihr zusammen zu sein.
Er öffnete die Glasschiebetür und trat hinaus in die kalte Nacht. Es hatte gewisse Vorteile, ein Mädchen zu besuchen, das ein eigenes Zimmer hatte und für sich allein wohnte. Besonders wenn es sich um nächtliche Besuche handelte.
Als Jake die Treppe des alten viktorianischen Herrenhauses hinaufstieg, das in ein Haus mit Ein-Zimmer-Apartments umgewandelt worden war, konnte er fast den Rhythmus der House-Musik spüren, die aus Laras Dachzimmer dröhnte. Zumindest ist sie noch wach, dachte Jake. Er hoffte, sie war nicht gerade mitten im Malen. Die Tür stand leicht offen, und als Jake klopfte, schwang sie ganz auf.
»Hallo, La...«, begann er und hörte mitten im Satz auf. Lara trug ein enges rosafarbenes T-Shirt und einen winzigen Schlüpfer. Sie tanzte langsam auf ihrem ungemachten Bett. Es war ein Anblick, der Jake nur allzu vertraut war. Er musste nicht erst die leere Flasche Wild Turkey auf dem Boden neben dem Bett liegen sehen, um zu wissen, dass Lara betrunken war.
»Jakie!«, rief sie aus, sprang vom Bett und rannte auf ihn zu, um ihn zu umarmen. »Du bist hier! Ich freue mich ja so dich zu sehen!« Sie warf ihre Arme um seinen Hals.
Der Alkohol in ihrem Atem löste bei Jake fast einen Brechreiz aus. Er versuchte sich aus ihrer wilden Umarmung zu lösen.
»Was zum Teufel tust du denn da, Lara?«
»Ach, Jakie, ich woll'e nur ein wenig Schwung in mein Leben bringen«, sagte sie. Jake hätte nicht sagen können, ob sie versuchte zum Rhythmus der Musik zu schwanken oder ob sie nur nicht in der Lage war still zu stehen.
»Ich dachte, du hättest genug von dieser Art von Schwung«, sagte

er. Er sah in ihre blutunterlaufenen Augen und überlegte, ob sie über irgendetwas Bestimmtes aufgeregt war.
»Oh, Jakie.« Lara fuhr mit ihren eiskalten Fingern über sein Gesicht. »Süßer, lieber Jakie. Du kannst es dir ja nicht vorstellen.« Sie schüttelte traurig den Kopf. »Du hast ja keine Ahnung.«
Während Lara leise vor sich hin lallte, führte Jake sie sanft zu ihrem Bett und sie setzten sich beide.
»Wovon habe ich denn keine Ahnung?«, fragte er und hielt ihre Hand. Hatte einer der Passmores etwas gesagt, was sie so aus dem Gleichgewicht gebracht hatte?
»Du hast ja keine Ahnung«, sagte sie und ihr Kopf schwankte vor und zurück, »wie unglaublich langweilig jeder auf dieser blöden Insel ist! Daddy-Peppi und seine kleine Zoey, Lucas und seine kleine Zoey, ach du . . .«
Im Nu spürte Jake, wie sein Mitgefühl in Wut umschlug. Es war schlimm genug, dass Lara ihr Versprechen gebrochen hatte, trocken zu bleiben. Es war schlimm genug, dass sie so vielen Leuten weh tat, indem sie sich immer wieder betrank – sich selbst, den Passmores und nicht zuletzt auch ihm selbst. Aber dass sie ständig alle anderen für ihre Fehler verantwortlich machte! Jake hätte am liebsten vor Frust aufgeschrien. Konnte sie denn nicht sehen, dass er nur versuchte ihr zu helfen?
Lara hatte ihm schon tausendmal erzählt, wie sehr sie alles schätzte, was er für sie getan hatte. Aber jetzt wurde Jake klar, dass das nur Worte gewesen waren – Lippenbekenntnisse, um sicherzugehen, dass sie bekam, was sie wollte, nämlich Jakes Mitgefühl. Und es hatte ja auch funktioniert.
»Ich gehe, Lara«, sagte er und erhob sich. Nur mit Mühe konnte er seine Wut im Zaum halten.
»Warte, Jakie, geh nicht!«, bat sie und versuchte aufzustehen. »Zumindest nicht, bevor du bekommen hast, weswegen du gekommen bist.«

Sie zog ihr rosafarbenes T-Shirt aus und entblößte sich vor ihm, dann fasste sie seinen Oberschenkel und versuchte ihn neben sich aufs Bett zu ziehen. Es war das erste Mal, dass Jake vom Anblick eines nackten Busens tatsächlich abgestoßen war.
»Das war der Tropfen, der das Fass zum Überlaufen gebracht hat«, sagte er, stieß sie von sich weg und ging zur Tür. »Und mach dir nicht die Mühe noch ein Bild für mich zu malen oder mir zu sagen, wie sehr du dich geändert hast. Ich kaufe es dir nicht mehr ab. Es ist vorbei, Lara. Du kannst dich zu Tode trinken, mir ist das jetzt egal. Du bist auf dich allein gestellt.«
Voller Abscheu schlug Jake lautstark die Tür hinter sich zu und ihm fielen seine eigenen Worte an diesem Morgen auf der Fähre zu Aisha ein: »Manchmal musst du einfach einen klaren Trennungsstrich ziehen.«

Zoey war so tief ins Lesen versunken, dass sie zusammenschrak, als sie ein Klopfen an der Tür hörte. Wer hätte je gedacht, dass ein Artikel über Keanu Reeves so fesselnd sein konnte? Sein letzter Film war eine Pleite gewesen.
»Herein«, rief sie und lehnte sich in ihrem Stuhl zurück, um die Tür sehen zu können.
»Hi«, grüßte Lucas, als er eintrat. »Schön, dass du noch nicht ins Bett gegangen bist.«
»Ach ja?«, gab Zoey lässig zurück.
»Tja, vielleicht auch nicht«, sagte er und gab ihr einen Kuss auf den Hals.
Da sind die Hormone ja wieder, dachte Zoey, als sie sich von ihrem Stuhl erhob und aus Lucas' Umarmung schlüpfte. Ihrer Meinung nach hatte Lucas diesen Abend bereits genug Umarmung von seiner neuen Hausbewohnerin genossen.
»Und . . . wie ist Kate?«, fragte sie und versuchte sich nichts anmerken zu lassen, als sie sich auf ihr Bett setzte.

»Ehrlich gesagt, sie ist nicht so, wie ich erwartet hatte.« Lucas zog seine Jacke aus.
»Ach nein?«, fragte Zoey. »Du sagtest doch, du könntest dich kaum mehr an sie erinnern.«
»Stimmt. Aber ich dachte immer, sie könnte mich nicht leiden oder so was.«
»Und heute hat sie etwas gemacht, was deine Meinung geändert hat?«, fragte Zoey, die die Antwort darauf bereits kannte, aber sich fragte, wie Lucas die Umarmung erklären würde, die sie selbst gesehen hatte. Wenn er sie überhaupt erwähnen würde.
»Ja. Definitiv. Es ist eigentlich sogar ziemlich lustig«, sagte er und setzte sich neben sie aufs Bett. »Sie dachte immer, ich sei derjenige, der sie nicht leiden könne.«
»Das muss man sich mal vorstellen«, murmelte Zoey.
»Ja! Aber ich denke, es wird sogar ganz nett sein, sie hier zu haben.«
»Und weshalb das?« Als ob sie es nicht bereits wüsste!
»Weil sie echt cool ist«, erklärte Lucas.
Jeder, der in dein Fenster gesehen hat, konnte das sehen, dachte Zoey.
»Ihre Fotos sind irgendwie echt erstaunlich«, fuhr er fort. »Und sie ist wirklich klug, aber überhaupt nicht eingebildet.«
»Wow«, sagte Zoey ohne großen Enthusiasmus, »hört sich so an, als ob Kate ziemlichen Eindruck auf dich gemacht hätte.«
»Das hat sie wirklich.« Lucas nickte bekräftigend. »Ich weiß auch nicht, es ist komisch. Wir sind nicht richtig verwandt, aber da gibt es irgendwie dieses Band . . .«
Ich wette, dass es das gibt, dachte Zoey düster.
»Ich meine, Kate und ich, wir haben uns über den Krieg unterhalten und unsere Großeltern und alles und es ist ziemlich erstaunlich, wenn man sich vorstellt, wie ihr Leben wohl ausgesehen hat, als sie sich vor den Nazis verstecken mussten. Ich fand immer, dass es ziemlich tapfer von meinen Großeltern war, aber ich habe nie

richtig darüber nachgedacht, wie es gewesen sein muss, in dieser ständigen Angst zu leben. Wenn die Nazis herausgefunden hätten, dass meine Großeltern Juden versteckten, hätten sie alle umgebracht – Kates Großeltern, meine Großeltern, unsere beiden Mütter. Es ist ziemlich unglaublich, wenn man so darüber nachdenkt.«
Einen Augenblick lang vergaß Zoey, was sie an diesem Abend gesehen hatte. »Es ist wirklich ziemlich beeindruckend. Wenn man über solche Dinge nachdenkt, wird einem klar, dass das, was man selbst als riesiges Problem ansieht, eigentlich völlig unwichtig ist.«
Lucas nickte. »Genau das haben wir auch gesagt.«
»Wir?«
»Ja, Kate und ich.«
Die Erinnerung daran traf Zoey wie ein Schlag ins Gesicht. Sie merkte, wie sie steif wurde.
»Sie sagte, wie dankbar sie unserer Familie sei, verstehst du?«, fuhr Lucas fort. »Sie sagte, dass sie ohne meine Großeltern wahrscheinlich gar nicht existieren würde. So hatte ich das nie gesehen.«
»Ich möchte wetten, dass sie dankbar ist«, sagte Zoey. »Und hat sie vor dir diese Dankbarkeit zu zeigen?«
Lucas runzelte verwirrt die Stirn. »Wie meinst du das? Sie will mich und meine Eltern einfach ein bisschen besser kennen lernen, denke ich.«
Ihre spitze Bemerkung war offensichtlich an Lucas völlig vorbeigegangen. Zoey erkannte, dass er überhaupt kein schlechtes Gewissen hatte. Lucas war völlig ahnungslos und absolut unschuldig, wurde Zoey klar. Sie hatte total überreagiert.
»Also, was war denn mit dir heute Abend?«, fragte er. »Ich dachte, du wolltest vorbeikommen und Kate kennen lernen.«
»Wollte ich auch. Aber dann bin ich später heimgekommen als geplant und ich wollte erst nach Hause und nach Benjamin sehen. Als wir dann schließlich gegessen hatten, dachte ich, ich sollte dir

vielleicht etwas Zeit lassen, Kate zu begrüßen.« Zoey konnte Lucas den wahren Grund, weshalb sie nicht gekommen war, nicht verraten. Er würde es für lächerlich halten und er hätte Recht.

Warum hatte sie nur so schnell an ihm gezweifelt? Sie hätte ihre Lektion aus der Sache mit Lara lernen sollen. Es stimmte, Zoey hatte Lucas und Lara in einer Situation überrascht, die man kompromittierend nennen konnte. Aber selbst wenn sie immer noch Zweifel an den Motiven ihrer Halbschwester hatte, wusste Zoey doch, dass Lucas ihr nicht untreu geworden war. Und dennoch hatte sie damals nur allzu schnell das Schlechteste von ihm angenommen.

»Ich hab dich vermisst«, sagte Lucas und beugte sich vor, um Zoey einen seiner leidenschaftlichen, unglaublichen Küsse zu geben.

»Ich dich auch«, erwiderte sie und schnappte nach Luft. Sie gab sich ganz Lucas' Umarmung hin und schwor sich nie mehr gleich das Schlimmste von Lucas anzunehmen.

9

Der Klang seines Weckers traf Benjamin wie ein Dampfhammer. Er rollte sich auf die Seite und tastete nach dem Snooze-Knopf, froh über den zehnminütigen Aufschub, den dieser bot. Was war denn heute? Freitag? Es kam ihm mehr wie Montag vor. Andererseits hatte es in den letzten Wochen keinen Tag gegeben, der ihm nicht wie ein Montag vorgekommen wäre. Während des letzten Monats hatte Benjamin verzweifelt versucht sich im Bett zu verkriechen und die Tage vorüberziehen zu lassen. Diesen Morgen war er wieder einmal versucht genau das zu tun. Aber er hatte schon den Donnerstag versäumt, nicht zu vergessen die unzähligen anderen Tage seit den Weihnachtsferien, und Benjamin wusste, dass er seine Abwesenheit bald bereuen würde. Seine Eltern hatten ihm bereits einen Vortrag darüber gehalten, dass sie ihm vertrauten und davon ausgingen, dass er wusste, was er tat. Sie versuchten ihm seinen Freiraum zu lassen, aber Benjamin konnte ihre Besorgnis spüren.

Noch mehr Sorgen als seine Eltern machten ihm seine Lehrer. Sie wussten alle, was geschehen war, und waren alle sehr verständnisvoll gewesen (mit anderen Worten, voller Mitleid). Aber ihr Mitgefühl würde nicht lange vorhalten. Wenn Benjamin nicht aufpasste, würde er seine Chancen, im Frühjahr die Abschlussprüfung zu machen, stark gefährden.

Wieder ertönte der Wecker. Wieder rollte sich Benjamin auf die Seite und drückte auf den Snooze-Knopf.

Andererseits, was sollte es?

Welchen Unterschied machte es schon, ob er dieses Jahr seinen Abschluss schaffte oder nicht? Er hatte ganz gewiss nicht viel

Energie in seine Collegebewerbungen gesteckt. Selbst wenn ihn irgendein College aufnehmen würde, bezweifelte Benjamin, dass er tatsächlich gehen würde. Er würde sich an eine völlig neue Umgebung gewöhnen müssen, was nicht einfach wäre. Er würde lernen müssen, wie viele Schritte es zwischen seinem Unterbringungszimmer und jedem Klassenzimmer wären, von den Unterrichtsräumen bis zur Cafeteria, von der Cafeteria zur Bibliothek – und dabei versuchen müssen, nicht wie ein hilfloser Idiot zu wirken.

Ein Klopfen an seiner Tür unterbrach Benjamins düstere Gedanken. Zoey kam, um nach ihm zu sehen – etwas, was zu einer morgendlichen Gewohnheit seiner Schwester zu werden schien.

»Komm rein, Zo. Ich bin wach«, rief er.

»Guten Morgen«, grüßte sie mit gespielter Fröhlichkeit. »Ich wollte nur sehen . . .«

»Ob ich wach bin? Ja, ich bin wach, Zoey.«

»Gut. Heißt das auch, dass du aufstehst?«

Benjamin seufzte hörbar. Er wusste, dass Zoey nur helfen wollte, aber ihr Drängen zerrte an seinen ohnehin schon arg strapazierten Nerven. Sie war schlimmer als seine Eltern.

»Komm schon, Benjamin«, redete ihm Zoey gut zu. »Du bringst ja praktisch das Gleichgewicht auf der Fähre durcheinander.«

»Ganz sicher schafft sie es, den Rest von euch auch ohne meine Hilfe zu transportieren.«

»Ja, aber alle vermissen dich.«

»Sie vermissen mich, ja?« Bemitleiden mich trifft es wohl eher.

»Natürlich tun sie das. Und nicht nur alle auf der Insel. Ständig kommen irgendwelche Leute in der Schule auf mich zu und fragen, wie es dir geht. Jeder macht sich Sorgen um dich, Benjamin. Niemand kann mit ansehen, dass du dir das antust.«

Er glaubte gern, dass die anderen Schüler an der Weymouth High ständig bei Zoey nachfragten. Und genau deren mitleidsvolle Bemerkungen müsste Benjamin vorgeben nicht zu hören, wenn er zur

Schule ging: Ist es nicht furchtbar, was Benjamin Passmore passiert ist? Weißt du, dass er sich operieren ließ, damit er wieder sehen kann, und es hat nicht funktioniert?
Armer Kerl. Kannst du dir vorstellen so etwas durchmachen zu müssen?
Ich weiß nicht, was ich an seiner Stelle tun würde . . .
Zoey versuchte immer noch ihn zum Aufstehen zu überreden. »Ich mache Pfannkuchen zum Frühstück.«
Bevor er antworten konnte, klingelte sein Wecker erneut. Benjamin beugte sich vor und stellte ihn diesmal völlig ab.
»Zoey, ich weiß wirklich zu schätzen, was du für mich tun willst, aber ich glaube nicht, dass ich heute in der Stimmung für Schule bin.«
»Na gut«, sagte sie. Die Enttäuschung war deutlich aus ihrer Stimme herauszuhören. »Ich denke nur nicht, dass es eine gute Idee ist, wenn du den ganzen Tag allein zu Hause sitzt. Da wirst du dich auch nicht besser fühlen.«
»Du hast Recht, Zoey«, erwiderte Benjamin und bemühte sich Zoey seine Wut nicht spüren zu lassen. »Da werde ich mich auch nicht besser fühlen. Aber ganz sicher werde ich mich auch nicht schlechter fühlen.«
»Benjamin . . .«
»Du solltest jetzt lieber gehen, Zoey«, sagte er mit Entschiedenheit.
Er hörte Zoey seufzen, gefolgt von einem knarrenden Geräusch, als sie die Tür hinter sich schloss. Benjamin drehte sich um und versuchte weiterzuschlafen.

Aisha bezahlte und ging um die Ecke, um nach ihren Freundinnen zu suchen. Sie reckte den Hals und ihr Blick schweifte über die voll besetzten Tische der Cafeteria.
Geschieht mir recht, wenn ich so spät komme, dachte sie. Aber sie hatte keine große Wahl gehabt. Die Batterie in ihrem Taschen-

rechner war mitten in der Rechnung leer geworden und Aisha hatte in den Schulladen gehen müssen, um sie zu ersetzen. Jetzt, wo sie in der Endauswahl für das Westinghouse-Stipendium war, konnte Aisha es sich nicht leisten, unvorbereitet zum Unterricht zu erscheinen.

Schließlich entdeckte sie Claire, Nina und Zoey an einem Tisch in der Nähe des Fensters. Aisha bahnte sich ihren Weg zu ihnen, blickte auf die Uhr und ihr wurde klar, dass sie nur noch fünfzehn Minuten hatte, um ihre Fischstäbchen und den Mais mit Sahnesoße zu verzehren.

»Hi, Leute«, grüßte sie und setzte sich auf den Platz neben Claire. »Tut mir Leid, dass ich zu spät komme.«

»Du hast nicht viel versäumt«, murmelte Nina, während sie an ihrem Strohhalm saugte. »Nur eine Analyse dessen, was unter der Bezeichnung Sahne in diese Soße hier gekommen ist.«

»Ich denke, da passe ich gerne, danke«, sagte Aisha und ging nicht weiter auf Ninas Worte ein. Wie abscheulich das Essen auch sein mochte, Aisha kam um vor Hunger. Sie wollte ihre Chancen, das Essen bei sich zu behalten, nicht unnötig verringern.

»Weise Entscheidung, Ash«, sagte Claire. »Herzlichen Glückwunsch übrigens zu der Westinghouse-Sache.«

»Danke, aber ich habe noch ein paar Monate vor mir, um wie eine Wahnsinnige zu lernen, wenn ich das Stipendium tatsächlich kriegen will.«

»Klingt nach richtig viel Spaß«, meinte Nina trocken.

»Na, zumindest lenkt es mich von anderen Dingen ab.« Aisha seufzte. »Wie zum Beispiel von der unumstößlichen Tatsache, dass ich die beste Beziehung meines Lebens ruiniert habe.«

»Besser die Beziehung ruiniert als dein ganzes Leben, was genau das ist, was du getan hättest, wenn du Christophers Heiratsantrag angenommen hättest«, erwiderte Claire.

Aisha nickte, während sie das Essen in ihren Mund schaufelte.

Claire hatte ja Recht. Christopher an diesem Zeitpunkt ihres Lebens zu heiraten wäre ein Fehler gewesen. Sie wünschte nur, sie hätte Christopher dadurch nicht verloren.

»Außerdem«, fügte Zoey hinzu, »bin ich nicht überzeugt, dass es zwischen dir und Christopher wirklich zu Ende ist. Ich finde immer noch, du solltest ihm schreiben.«

»Ich weiß nicht. Ich wünschte, ich könnte ihm erklären, was ich empfinde, aber es ist immer noch zu kompliziert.«

»Nervt irgendwie ziemlich an, was?«, murmelte Nina leise.

Aisha blickte über den Tisch zu ihrer Freundin. Nina starrte auf ihren Teller und stocherte geistesabwesend in den Überresten ihres Essens herum. Sie sah so traurig aus, dass Aisha ein schlechtes Gewissen bekam. Da beschwerte sie sich schon wieder mal über ihre Probleme mit Christopher, während Nina anscheinend etwas genauso Schmerzhaftes mit Benjamin durchmachte.

»Also, Zoey«, sagte Aisha, um das Thema zu wechseln, »du hast mir noch gar nichts von Lucas' neuem Gast erzählt.«

»Sie ist Fotografie-Studentin«, erklärte Zoey lässig. »Ihr Name ist Kate Levin. Sie geht ans New England Art Institute und irgendwie hat es mit ihrem Zimmer nicht geklappt. Mrs Cabral und Kates Mutter waren beste Freundinnen, als sie kleine Mädchen in Holland waren, und Mrs Cabral bot an, dass Kate bei ihnen wohnen könne. Aber es steckt sogar noch was recht Interessantes dahinter. Lucas' Großeltern hatten Kates Mutter und ihre Familie während des Krieges in ihrem Keller versteckt.«

»Was, vor den Nazis?« Ninas Augen wurden groß.

»Genau«, erwiderte Zoey.

»Wow!«, rief Nina aus. »Das ist ja wie ›Das Tagebuch der Anne Frank‹, nur ohne Tagebuch!«

»Oder Anne Frank«, flocht Aisha ein, während sie kaute.

»Ich wusste gar nicht, dass Lucas' Großeltern das getan haben«, sagte Nina.

»Ich auch nicht«, gestand Zoey. »Ich glaube, Lucas hat selbst gar nicht weiter darüber nachgedacht, bis Kate auftauchte.«

»Du hast meine Frage immer noch nicht beantwortet. Wie ist sie denn?« Aisha dippte ihre Gabel mit Fisch in etwas Ketschup. Das Cafeteria-Essen in etwas zu dippen machte es einem leichter, es hinunterzuschlucken.

»Ich weiß nicht«, antwortete Zoey mit einem Schulterzucken, »ich habe sie noch nicht kennen gelernt.«

»Warum denn nicht?«, wollte Nina wissen. »Es passiert ja nicht jeden Tag, dass jemand nach Chatham Island kommt. Zumindest nicht vor der Touristensaison.«

»Ich, ähm, bin noch nicht dazugekommen«, sagte Zoey. »Es war zu spät.«

Das war eigenartig. Aisha erinnerte sich genau daran, dass Zoey gesagt hatte, sie werde zu Lucas gehen, als sie beide sich am gestrigen Nachmittag getrennt hatten. Vielleicht war etwas mit Benjamin dazwischengekommen. Was immer es war, Zoey wollte offensichtlich nicht darüber reden.

In diesem Augenblick spürte Aisha, wie ihr jemand auf die Schulter tippte. Sie drehte sich um und sah David Barnes hinter sich stehen.

»David?«, sagte sie verblüfft.

Sie und David hatten einige Unterrichtsstunden zusammen, aber sie sprachen außerhalb des Klassenzimmers kaum miteinander. Er wollte wahrscheinlich ihre Physikaufzeichnungen ausborgen oder so was.

»Ich wollte dir nur dazu gratulieren, dass du in der Endausscheidung für die Westinghouse-Sache bist«, sagte er mit einem Lächeln.

»Oh, danke«, erwiderte sie mit leichter Überraschung. »Woher weißt du das denn?«

»Dann hast du es noch nicht gehört?«, fragte er und seine blauen Augen funkelten hinter seiner Hornbrille. »Es sind wir beide – du und ich.«

Jetzt war Aisha wirklich verblüfft. »Ich dachte, sie gäben die Gewinner erst in über einem Monat bekannt.«
Er lachte auf. »So ist es auch. Ich meinte, es wird einer von uns beiden sein. Wir sind die Einzigen in der Endausscheidung.«
»Oh«, sagte sie. »Dann gratuliere ich dir auch.«
»Danke«, sagte er mit einem Grinsen. »Weißt du, du solltest es genießen, in der Endausscheidung zu sein, so lange du nur kannst, denn das Stipendium werde ich bekommen.«
»Ach ja?«, meinte Aisha.
»Ja, genau«, sagte David, drehte sich auf dem Absatz um und ging davon.
Aisha spürte, wie sie langsam anfing zu kochen. »Dieser eingebildete . . .«
»Aisha«, unterbrach Claire sie, »erzähl mir bloß nicht, dass du darauf reinfällst.«
»Worauf?«
Claire seufzte. »Das ist der älteste Trick der Welt«, erklärte sie. »Er versucht dich aus dem Wettbewerb zu drängen, indem er dich nervös macht. Meiner Meinung nach zeigt das einen eklatanten Mangel an Phantasie.«
»Tja, ich werde mir meine Chancen auf das Stipendium nicht verderben lassen, nur weil David Barnes meint, er sei besser als ich.«
»Claire hat Recht, Ash«, sagte Zoey. »Lass dich von ihm nicht provozieren.«
»Keine Sorge«, erwiderte Aisha und warf noch einen Blick auf David, der hochmütig zu seinem Tisch stolzierte. »Ich habe nicht die Absicht, mich von ihm durcheinander bringen zu lassen.«

10

Nina wechselte die Stellung ihres Fußes und zog ihn zwischen den zwei Couchkissen hervor, aber es hatte keinen Sinn. Das Kribbeln ließ nicht nach. Ihr Fuß war bereits eingeschlafen.

Sie hob ihr Bein ganz von der Couch der Passmores und schüttelte es, um die Blutzirkulation wieder in Gang zu bekommen.

»Was machst du denn?«, fragte Benjamin vom anderen Ende des Sofas.

Nina war geradezu erleichtert. Es war zwar nur ungefähr der zehnte Satz, den er den ganzen Abend zu ihr gesagt hatte, aber zumindest zeigte es, dass ihr Freund sich tatsächlich ihrer Gegenwart bewusst war.

»Ich schüttle meinen Fuß. Entweder ist er eingeschlafen oder er reagiert allergisch auf Barbara Walters.«

»Oh«, sagte er.

Nina überlegte, ob dieser Wortwechsel wohl als Konversation zählte, und merkte, dass die ganze Sache langsam wirklich absurd wurde. Es war Freitagabend und sie und Benjamin sahen sich im Fernsehen einen Report über radioaktive Strahlung in irgendeiner Schule in Cleveland an. Sie hatte den ganzen Abend versucht Mrs Passmores Rat zu befolgen und Benjamin mehr Freiraum und mehr Zeit zu lassen, aber diese Late-Night-Shows konnten Benjamin doch unmöglich aus seiner Depression helfen.

»Weißt du, was, Benjamin«, begann Nina, »ich glaube, ich habe genug Freitagnacht-Fernsehen gehabt, dass ich noch die nächsten drei Monate davon zehren kann. Ich glaube nicht, dass ich noch mehr aushalten kann.«

»Ich stimme dir zu«, sagte er und fingerte unter seiner Decke nach der Fernbedienung. Als er sie gefunden hatte, stellte er das Fernsehgerät damit ab, was zur Folge hatte, dass sie in der stillen Dunkelheit des Wohnzimmers saßen.
Nina lauschte einen Moment auf das Surren des Kühlschranks in der Küche. Sie wartete darauf, dass Benjamin etwas anderes vorschlug.
Lass ihm einfach Zeit. Sie wiederholte die Worte in ihrem Kopf wie es schien zum fünfzigsten Mal an diesem Abend.
Nach ein paar Minuten, in denen sie schweigend dagesessen hatten, konnte Nina es nicht mehr länger aushalten. »Also, was machen wir denn jetzt?«, fragte sie.
»Mir egal«, antwortete Benjamin mit einer Apathie, die schon fast zur Regel geworden war.
»Wenn du möchtest, könnte ich dir vorlesen«, bot sie an.
»Ich glaube nicht, dass ich ein besonders guter Zuhörer wäre«, erwiderte er.
So viel dazu, dachte Nina. Sie öffnete den Mund und wollte einen anderen Vorschlag machen, aber dann fielen ihr Mrs Passmores Worte wieder ein. Lass ihm einfach Zeit, lass ihm einfach Zeit . . . Es wurde schon zu einem Mantra.
Nina lehnte sich gegen die Sofakissen und versuchte sich zu entspannen. Vielleicht sollte sie die Augen schließen und ein kleines Nickerchen machen. Dadurch konnte sie etwas Zeit totschlagen. Sie fragte sich, ob Benjamin überhaupt bemerken würde, dass sie am anderen Ende der Couch schlief. Wahrscheinlich nur, wenn sie schnarchte.
Einen Moment später spürte Nina, wie sich Benjamins Bein unter der Decke bewegte. Ihre Beine berührten sich jetzt. Nina verspürte ein Kribbeln, das durch ihren ganzen Körper lief. Benjamin hatte Körperkontakt gesucht!
Sie tastete unter die Decke und begann seine Wade zu streicheln.

»Sollen wir auf dein Zimmer gehen?« Sie sprach leise, obwohl noch niemand zu Hause war.
»Was?«, fragte Benjamin.
»Sollen wir auf dein Zimmer gehen? Zoey könnte bald zurückkommen und so hätten wir zumindest, du weißt schon, noch ein bisschen Ruhe.«
Er zog sein Bein von ihr weg und richtete sich auf.
»Nina, das wird heute Abend ganz sicher nicht passieren«, erklärte er kurz.
»Aber ich dachte . . .«
»Tja, dann hast du anscheinend falsch gedacht.«
Nina konnte einfach nicht mehr still dasitzen. Dieses ständige Um-den-Brei-Herumreden machte sie ganz verrückt. Sie musste Benjamin sagen, was sie dachte.
»Ich kann es einfach nicht mehr aushalten, dich so zu sehen. Es sieht dir überhaupt nicht ähnlich, so . . .«
»Deprimiert zu sein?«
»Das auch. Aber was ich eigentlich meinte, war, dass du dich in Selbstmitleid badest.«
Er lachte kurz auf. »Und warum auch nicht? Es gibt auf jeden Fall genug Mitleid um mich herum, um mich darin zu baden. Du bemitleidest mich, meine Eltern bemitleiden mich, Zoey bemitleidet mich. Einfach jeder bemitleidet mich. Wenn du nicht dagegen ankannst, musst du eben mitmachen.«
»Wir bemitleiden dich nicht, Benjamin. Wir vermissen dich. Du bist einfach nicht mehr du selbst . . .«
»Nein, ich bin ich selbst. Ich bin nur einfach nicht mehr der tolle blinde Wunderknabe. Dafür habe ich keine Energie mehr.«
»Das liegt daran, weil du deine ganze Energie darauf verschwendest, deprimiert zu sein.«
»Warum sollte ich denn nicht deprimiert sein?«, fragte er heftig in die Dunkelheit. »Ich kann nicht sehen, Nina. Ich werde niemals

mehr sehen können! Du kannst dir überhaupt nicht vorstellen, wie das ist. Niemand kann das!«

Nina starrte in die Schwärze des Zimmers und das Herz tat ihr weh, denn sie wusste, dass er Recht hatte. Selbst jetzt, wie sie hier so im Dunkeln saß, konnte sie immer noch die Uhr des Videorekorders sehen. Selbst wenn sie mit verbundenen Augen herumliefe, würden wahrscheinlich Lichtstrahlen hindurchdringen. Und sie wusste immer, dass sie nur das Licht anzumachen brauchte, um sehen zu können. Benjamin würde niemals mehr das Licht anmachen können.

Als sie ihn leise weinen hörte, erhob sich Nina von ihrem Ende der Couch und tastete sich zu ihm. Sie hatte Benjamin niemals vorher weinen gehört. Vielleicht ließ er Nina jetzt endlich an sich heran, teilte seinen Schmerz mit ihr. Nina umarmte Benjamin und versuchte ihn zu trösten.

Seine Reaktion traf sie wie ein Messer in der Brust. »Nina«, sagte er und befreite sich aus ihrer Umarmung, »ich glaube, du solltest jetzt gehen.«

Zoey schlug beißende, kalte Winterluft entgegen, als sie aus dem Passmore's trat. Eigentlich war Lara an den Freitagabenden als Kellnerin eingeteilt, aber sie hatte angerufen und sich mit Grippe krankgemeldet.

Zoey hatte da so ihre Zweifel. Lara behauptete zwar trocken zu sein, seit sie bei den Passmores ausgezogen war. Aber es konnte sicher nicht so einfach sein, mit dem Trinken aufzuhören.

Da sie keinerlei Einfluss darauf hatte, was Lara McAvoy tat, beschloss Zoey nicht mehr an sie zu denken als unbedingt sein musste. Und im Augenblick musste es gewiss nicht sein. Zoey war auf dem Weg zu Lucas' Haus, um ein Video anzusehen. Und endlich Kate Levin kennen zu lernen.

Zoey schauderte, als sie die South Street hinaufging. Die Temperatur musste um mehrere Grad gefallen sein, seit sie zu Anfang des Abends das Haus verlassen hatte. Es war Februar, aber Zoey kam es so vor, als ob es schon ewig Winter wäre. Sie beschleunigte ihren Schritt.

Sie erreichte die Haustür der Cabrals und drehte am Türknauf, wobei sie versuchte nicht zu viel Lärm zu machen, während sie das Haus betrat. Mr Cabral arbeitete jeden Tag außer sonntags und Zoey wusste, dass er und Mrs Cabral bereits schliefen.

Als sie durch den schmalen Flur und die Treppe hinaufging, musste Zoey unwillkürlich daran denken, wie sie vor ungefähr einem Monat das Haus ebenso leise betreten und Lara praktisch auf dem Schoß ihres Freundes vorgefunden hatte. Obwohl Lara es bestritten hatte, war Zoey überzeugt, dass ihre Halbschwester nur aus einem einzigen Grund dort gewesen war – um Lucas zu verführen. War es also ein Wunder, dass Zoey diesem Mädchen nicht trauen konnte?

Sie klopfte leise an Lucas' Tür.

Eine weibliche Stimme antwortete »Herein!«

Zoey öffnete die Tür und sog scharf die Luft ein. Lucas kniete auf dem Boden vor einem hübschen rothaarigen Mädchen. Sein Kopf war gebeugt, fast als ob er betete, und sein langes blondes Haar fiel ihm in die Augen. Das Mädchen saß am Rand eines großen schwarzen Koffers. Es blickte erwartungsvoll auf Lucas hinunter. Zoey bemerkte, dass sie gerade mal ein oder zwei Zentimeter auseinander waren und Lucas Kopf fast den Schoß des Mädchens berührte.

»Lucas!«, rief Zoey aus und ihre Stimme klang in ihren eigenen Ohren hoch und atemlos.

»Hallo, Zoey.« Lucas blickte nicht auf. »Ich habe dich noch gar nicht erwartet.«

»Das glaube ich.« Sie bemerkte, dass seine Augen auf einen Punkt zwischen den schwarzen Samtleggings des Mädchens fixiert waren.

»Hallo«, sagte das Mädchen. »Ich bin Kate. Und du musst Zoey sein. Ich habe schon viel von dir gehört.« Kate streckte die Hand aus, erhob sich allerdings nicht von ihrem Platz auf dem Koffer.

»Ach ja?« Verwirrende, zusammenhangslose Fragen gingen Zoey durch den Kopf. War das wohl irgendetwas, was mit der Kunstschule zu tun hatte? Irgendeine perverse Liebes-Skulptur? Nur dass es keine Skulptur war. Mehr eine Pose. Oder so was.

»Ach ja, ihr habt euch ja noch gar nicht kennen gelernt«, sagte Lucas und erhob sich. »Ich glaube, wir haben es«, sagte er zu Kate.

»Was habt ihr?«, fragte Zoey sofort.

»Den Koffer geschlossen«, antwortete Kate und erhob sich ebenfalls. »Der Verschluss an diesem Ding ist so alt, dass man zu zweit sein muss, um ihn schließen zu können. Lucas war so nett mir zu helfen.«

»Wie war es, für Lara einzuspringen?«, fragte Lucas, während er den Arm um Zoeys Schulter legte.

Zoey verdrängte schnell ihre absurden Gedanken. »Wie immer«, antwortete sie. Er benahm sich so normal. Anscheinend war wirklich nichts weiter los. Trotz ihres Schwurs vom Vorabend hatte Zoey schon wieder falsche Vermutungen gehabt. Sie hatte schon wieder das Schlimmste von Lucas angenommen.

»Ich finde es cool, dass deine Familie ein Restaurant hat, Zoey. Es muss echt toll sein, wenn alle zusammenarbeiten.« Kate fuhr sich mit einer Hand durch ihre volle, kräftige Haarmähne. Schimmernd und lockig sah es aus wie das Haar in Werbespots für Shampoo und war das völlige Gegenteil von Zoeys formlosem dunkelblondem Mopp.

»Hm. Na ja, das Lokal kann aber auch manchmal ziemlich nerven«, sagte Zoey. »Zum Beispiel, wenn du dich von deinem Freitagabend verabschieden kannst, um für jemand anderen einzuspringen.«

»Ich habe ein Video ausgeliehen, das können wir uns jetzt ansehen, wenn du Lust hast«, bot Lucas an.

»Toll«, sagte Zoey. »Welches hast du denn?«
»Der Stadtneurotiker. Kate sagt, das sei einer der besten Filme überhaupt. Du hast ihn doch auch noch nicht gesehen, oder?«
Also wählte Kate jetzt die Videos aus. Typisch, dachte Zoey. Schließlich war Lucas offensichtlich ziemlich von ihr beeindruckt.
»Nein, ich habe ihn noch nicht gesehen.« Zoey zog ihre Jacke aus und legte sie auf den Schreibtischstuhl. Aus dem Augenwinkel sah sie, wie Kate anfing ihren Koffer aus dem Zimmer und in den Flur zu ziehen.
»Warte mal, Kate«, sagte Lucas. »Du schaust doch mit uns, oder?«
»Ich weiß nicht.« Kate blickte in Zoeys Richtung. »Ich möchte ja nicht stören.«
Aber natürlich nicht, Kate!, dachte Zoey gehässig.
»Auf keinen Fall«, erwiderte Lucas. »Du kannst mir doch nicht einen Film empfehlen und ihn dann nicht mit uns ansehen. Du störst doch nicht. Stimmt's, Zoey?«
Zoey hatte keine Wahl. Wenn sie zugab, dass sie Kate nicht dabeihaben wollte, würde sie wie eine Spielverderberin dastehen.
»Natürlich nicht.«
»Super«, sagte Kate und ihre braunen Augen strahlten. »Ich bring nur den Koffer zurück in mein Zimmer und treffe euch dann unten.«
»Super«, sagte Lucas strahlend.
»Super«, murmelte Zoey unhörbar. Sie fragte sich, ob sie Lucas je wieder für sich haben würde.

Ein Wochenende

Samstag

9 Uhr

Aisha drückt nicht noch ein weiteres Mal auf ihren Snooze-Knopf, sondern steht auf. Sie hat einen langen Tag zum Lernen vor sich.

12 Uhr mittags

Zoey wird von etwas geweckt und findet Lucas in ihrem Zimmer vor.
»Ich dachte, wir könnten das tun, wozu wir gestern Abend nicht gekommen sind«, sagt er.
Er schlüpft zu ihr unter die Decke, aber nach fünf Minuten intensiver Küsserei schlägt er vor, dass sie aufstehen und etwas unternehmen. Mit Kate.

15 Uhr

Nina und Claire kommen vom Mittagessen in Weymouth mit ihrem Vater und Sarah Mendel zurück.
Nina hofft, dass sie ihren Vater und Sarah endlich von der Idee abgebracht hat, dass sie eines dieser Brautjungfernkleider mit Rüschen zur Hochzeit tragen soll.
Claire erinnert sie daran, dass – was immer sie trüge – es dennoch stets lila sein müsse – Sarahs Lieblingsfarbe.

17 Uhr

Zoey und Lucas kehren von der Inselbesichtigung mit Kate zurück. Wenn Kate noch ein einziges Foto mehr gemacht hätte oder noch eine weitere Bemerkung abgelassen hätte, wie viel Glück Zoey und Lucas doch hatten, in einer so herrlichen Umgebung aufzuwachsen, hätte Zoey sich übergeben.

Und wenn Lucas noch ein einziges Mal »Ist sie nicht toll?« gesagt hätte, hätte Zoey ihm eine gescheuert.

19 Uhr

Benjamin entschließt sich seine erste Dusche seit fünf Tagen zu nehmen. Er kann sich inzwischen schon selbst nicht mehr riechen. Als er aus der Dusche kommt, sagt Zoey ihm, dass Nina angerufen habe. Er beschließt nicht zurückzurufen.

21 Uhr

Jake besucht ein Treffen der Anonymen Alkoholiker. Er erzählt, dass er mit Lara Schluss gemacht hat. Nach dem Treffen bleiben zwei Leute bei ihm stehen und sagen ihm, dass er das Richtige getan habe. Eine davon ist Louise Kronenberger.

21 Uhr

Aisha kehrt mit der letzten Fähre auf die Insel zurück. Zu Hause angekommen, geht sie sofort in ihr Zimmer. Zehn Minuten später ist sie eingeschlafen.

22 Uhr bis Mitternacht

Zoey und Lucas schlafen ein, während sie Saturday Night Live sehen. Kate hatte endlich noch etwas anderes mit ihrer Zeit anzufangen gewusst, als mit Lucas zusammen zu sein.

Sonntag

8 Uhr 30

Aisha wacht auf und stellt fest, dass sie in ihren Klamotten geschlafen hat. Sie steht auf, duscht sich und geht wieder in die Bibliothek von Weymouth.

11 Uhr

Jake kommt von der Kirche nach Hause und macht sich wieder an seinen Aufsatz über Macbeth.

14 Uhr

Nina überlegt, ob sie bei den Passmores vorbeischauen soll. Sie entscheidet sich dagegen, da Benjamin nicht einmal zurückgerufen hat. Sie lässt ihm Zeit.

15 Uhr

Das Zeitlassen macht Nina verrückt. Sie muss etwas unternehmen. In einem Ausbruch nervöser Energie geht sie in die Drogerie, die auch sonntags geöffnet hat, und kauft eine rote Haartönung.

14 Uhr

Claire telefoniert mit Aaron. Er freut sich, dass sie am Valentinstag zur Party nach Portland kommen kann. Sie erzählt ihm, dass sie für diese Nacht eine Überraschung für ihn bereithält.

19 Uhr

Zoey und Lucas kommen von einem Ausflug mit Kate aus Portside zurück. Zoey hat genau gesehen, dass Kate Lucas' Ärmel insgesamt sechsmal berührt hat. Dieses Biest!

20 Uhr

Aisha kommt von der Bibliothek zurück. Ihr Vater ist stolz auf ihren Lerneifer. Ihre Mutter warnt sie nicht zu übertreiben. Ihr Bruder Kalif ist froh, dass sie das ganze Wochenende nicht daheim war.

21 Uhr

Nina starrt sich im Spiegel an. Das rote Haar passt überhaupt nicht zu ihrer Hautfarbe. Sie sagt sich, dass es ihr egal ist. Benjamin sieht sie sowieso nicht und er ist der Einzige, dessen Meinung ihr wirklich wichtig ist.

21 Uhr 30

Benjamin ruft Nina an und entschuldigt sich. Er hatte einfach schlechte Laune. Sie versteht das und freut sich, dass er angerufen hat.

22 Uhr

Lucas und Kate trinken heißen Kakao, bevor er schlafen geht. Kate hat montags vor elf keinen Unterricht. Das trägt dazu bei, dass Lucas sich noch mehr darauf freut, aufs College gehen zu können, als vorher.
Lucas erklärt Kate, wie froh er ist jemanden im Haus zu haben, der länger als neun Uhr aufbleibt. Und er sagt auch, wie froh er ist, dass sie und Zoey so gut miteinander auskommen.

23 Uhr

Jake beendet endlich seinen Aufsatz über Macbeth.

Claire

Ich habe nachgeschlagen – es gibt insgesamt neun Definitionen für das Wort Liebe. Die erste ist »eine starke Zuneigung für einen anderen Menschen, die aus Gleichartigkeit oder persönlicher Bindung entsteht«. Bei Aaron und mir trifft sicherlich beides zu.

Wir verstehen und schätzen einander, weil wir einander so ähnlich sind. Und dieses Gefühl wird in einen offiziellen Status verwandelt werden, wenn unsere Eltern heiraten. Natürlich finden manche Leute – meine Schwester zum Beispiel – die Tatsache, dass er mein Stiefbruder sein wird, etwas bedenklich. Ich finde, dass es die Sache nur bequemer macht. Trotzdem habe ich beschlossen meinen Vater noch nicht über meine wahren Gefühle für Aaron aufzuklären. Er schwebt in seiner eigenen kleinen Traumwelt mit Sarah. Warum sollte ich die Dinge unnötig komplizieren?

Die zweite Definition lautet: »Sich zueinander hingezogen fühlen aufgrund eines sexuellen Begehrens: Leidenschaft und Zärtlichkeit von Liebenden.« Das trifft auch zu, zumindest der erste Teil. Bis jetzt sind Aaron und ich – technisch gesehen – noch keine Liebenden. Um genau zu sein, ich habe – technisch gesehen – noch niemals einen Liebhaber gehabt, obwohl ich mich als reich erfahren gebe.

Natürlich hatte ich Freunde, aber ich habe die Sache niemals bis zu diesem Punkt kommen lassen. Es war einige Male nahe daran, aber ich glaube, dass ich tief in meinem Inneren diesbezüglich etwas altmodisch bin. Nicht, dass ich der Meinung bin, man sollte unbedingt warten, bis man verheiratet ist, bevor man miteinander schläft, aber ich habe das Gefühl, dass man Sex, besonders beim ersten Mal, nur mit jemandem haben sollte, der einem wirklich wichtig ist und von dem man weiß, dass man selbst ihm auch wichtig ist. Ich hatte das noch nie, also hatte ich auch noch nie Sex.
Als ich mit Lucas zusammen war, war ich erst vierzehn. Der Gedanke an Sex kam mir zwar und ich bin sicher, ihm erging es ebenso, aber wir waren irgendwie noch zu jung dafür. Später, als wir im Auto meines Vaters rumgeknutscht haben, war ich tatsächlich versucht einen Schritt weiterzugehen. Lucas ist zwar nicht gerade Einstein, aber sexy ist er schon. Aber genau das hat mich wiederum abgehalten. Das Ganze war rein körperlich. Tja, nicht rein köperlich – zur Hälfte war es das körperliche Verlangen und zur Hälfte der Wunsch sich an Jake und Zoey zu rächen. Ehrlich gesagt, war Letzteres mehr als die Hälfte meiner Motivation. Jedenfalls wäre es ein großer Fehler gewesen, es mit Lucas zu tun. Und mit Jake, na ja, vielleicht hätte etwas passieren können, wenn wir länger zusammen gewesen wären. Aber wie es sich herausgestellt hat, habe ich viel mehr Energie darauf verwendet, ihn zu bekommen, als darauf, mit ihm zusammen zu sein.
Dann bleibt da noch Benjamin. Wir gingen ziemlich

lange miteinander, also ist das keine Erklärung dafür, warum wir es nicht taten. Wir waren einige Male ziemlich nahe daran, aber immer ist einer von uns dann ausgestiegen. Ich glaube, dass keiner von uns so intim mit dem anderen werden wollte. Auf gewisse Weise hätte uns das viel verletzbarer gemacht, und das wollten wir beide nicht.
Und so bin ich immer noch Jungfrau. Die Wahrheit ist ganz einfach: Der Richtige ist noch nicht vorbeigekommen. Bis jetzt.

11

»Oh mein Gott«, rief Claire aus und der Mund blieb ihr offen stehen, als ihre Schwester die Küche betrat. Vor Überraschung hätte sie beinahe den ganzen Kaffee verschüttet. Ninas Haar war knallrot. »Was hast du denn mit deinem Haar gemacht?«

»Dir auch guten Morgen, Claire«, antwortete Nina fröhlich.

»Ich nehme an, Dad hat dich heute noch nicht zu Gesicht bekommen?«, fragte Claire.

»Wenn du damit meine neue Haarfarbe meinst, nein, die hat er noch nicht gesehen!«, erwiderte Nina, nahm sich eine Müslischüssel und setzte sich zu Claire an den Tisch. »Um ehrlich zu sein, war ich mir vor einer Minute selbst noch nicht sicher, ob es mir gefällt. Aber für deinen Gesichtsausdruck von gerade eben hat es sich schon gelohnt.«

Claire verdrehte die Augen. »Tja, ich bin froh dir behilflich gewesen zu sein. Ich hoffe, es ist dir ein kleiner Trost, wann immer du in den Spiegel schaust und siehst, wie lächerlich diese Haarfarbe ist.«

»Ich bin sicher, das wird es sein«, erwiderte Nina mit einem Lächeln.

Zumindest scheint sich hier ein Silberstreif am Horizont aufzutun, dachte Claire. Nach Wochen, in denen sie nur unglücklich war, benahm Nina sich endlich wieder wie ihr normales verrücktes Selbst. Vielleicht konnte Claire jetzt endlich aufhören sich um sie Sorgen zu machen und ungestört ihr Glück mit Aaron genießen.

»Guten Mor . . .« Genau wie Claire vorausgesehen hatte, blieb Burke Geiger das Wort im Halse stecken, als er seine jüngste Tochter erblickte.

»Hi, Dad«, erwiderte Nina mit, wie Claire wusste, gespielter Gleichgültigkeit.

»Nina, dein Haar . . .«

»Ja. Gefällt es dir?«, fragte Nina und setzte ihr bestes Ich-möchte-gefallen-Gesicht auf.

»Na ja, es ist sehr . . . rot«, sagte ihr Vater schließlich.

»Ich weiß«, sagte Nina und löffelte ihr Müsli. »Ich dachte, ich probiere noch Verschiedenes aus, um mein Aussehen vor der Hochzeit zu verbessern.«

Claire konnte nicht anders als die brillante Strategie ihrer Schwester zu bewundern. Indem sie ihre verrückte Idee als Versuch hinstellte, das Ihre für ein gelungenes Hochzeitsfest beizutragen, hatte Nina ihrem Vater keine andere Möglichkeit gelassen, als seinen Abscheu für sich zu behalten. Claire hätte es selbst nicht besser machen können.

»Na ja . . .« Ihr Vater suchte nach Worten, während er sich seinen Kaffee eingoss. »Das ist eine . . . ähm . . . wie soll ich sagen . . . eine interessante Idee.«

»Ist schon in Ordnung, Dad«, sagte Nina, die jetzt aufstand und ihrem Vater gutmütig auf den Rücken klopfte. »Ich bin selbst ein wenig unsicher diesbezüglich. Ich glaube einfach, es wird nicht besonders gut zu Lila passen.«

Claire bezweifelte, dass ihr Vater Ninas Bemerkung durchschaut hatte, aber sie war dennoch beeindruckt von der Vorstellung ihrer Schwester. Schnelle Antworten, schneller Abgang. Bis ihr Vater wieder klar denken konnte, würde er nicht mehr wissen, was er von ihrer Haarfarbe gehalten hatte.

Ninas Manöver hatte für Claire einen unverhofften Nutzen. Es hatte Burke Geiger konfus und angreifbar gemacht. Jetzt war der perfekte Zeitpunkt für Claire, um ihre Pläne durchzusetzen.

»Also, Dad«, begann Claire, »du und Sarah, ihr müsst ja große Pläne für Freitag haben.«

Bei der Erwähnung des Valentinstags veränderte sich der Gesichtsausdruck ihres Vaters von immer noch völlig verblüfft zu entzückt. Er war wirklich ein Romantiker geworden.

»Ehrlich gesagt, habe ich eine Überraschung für sie.« Ihr Vater strahlte.

»Dein Geheimnis ist bei mir gut aufgehoben, Dad.«

»Also gut. Aber mach nicht die leiseste Anspielung. Und kein Wort zu deiner Schwester.«

»Pfadfinderehrenwort«, versprach Claire.

»Sarah weiß es noch nicht, aber wir werden das Wochenende in New York verbringen. Sie glaubt, wir gehen in Burlington essen, aber wir fahren nur dorthin, um ins Flugzeug zu steigen!«

»Wow, Dad«, erwiderte Claire, »das ist ja absolut romantisch.«

»Tja, da staunst du, dass dein alter Vater zu so etwas in der Lage ist.«

»Aber ganz und gar nicht«, entgegnete Claire und ging auf den munteren Ton ihres Vaters ein. Das war nicht die Antwort, die sie erhofft hatte. Wenn ihr Vater und der fröhliche Zwerg nach Burlington fuhren, würden sie wahrscheinlich sein Auto nehmen. Was bedeutete, dass Claire es nicht selbst haben konnte. Was bedeutete, dass sie einen anderen Weg finden musste, um nach Portland zu kommen.

»Was hast du denn vor, Liebes? Hast du vielleicht irgendjemand . . . ähm . . . Besonderen, mit dem du dieses Jahr den Valentinstag verbringen willst?«

Claire biss sich auf die Innenseite ihrer Wange, um sich das Lachen zu verkneifen. Es erstaunte sie immer noch, dass ihr Vater und Sarah so ahnungslos waren, was zwischen ihren Kindern vorging. Bevor er abfuhr, hatte Aaron seiner Mutter zwar einen dezenten Hinweis auf ihre neue Art von Beziehung gegeben, aber dann war er ins Internat abgereist und hatte es Claire überlassen, das elterliche Paar aufzuklären. Claire wiederum hatte beschlossen, dass es umso besser war, je weniger über dieses Thema gesprochen wurde. Nach dem Motto: Was er oder sie nicht weiß, macht ihn oder sie nicht heiß.

»Es sind mehrere Leute, Dad«, log Claire. »Aaron hat mir von einer großen Party erzählt, die in Portland stattfindet. Er kommt hoch, also dachte ich, ich gehe vielleicht auch hin.«

»Hmmm. Und wie kommst du dorthin?«

»Ich weiß noch nicht. Mit dem Bus wahrscheinlich.« Claire nahm einen Schluck Kaffee. »Aaron und seine Freunde können mich ja dann am Busbahnhof abholen.«

Burke Geiger runzelte seine Stirn. »Ich weiß nicht, ob ich möchte, dass du dich des nachts allein im Busbahnhof von Portland aufhältst.«

»Dad, ich bin ein großes Mädchen. Außerdem, wie soll ich denn sonst hinkommen? Du und Sarah, ihr fahrt doch mit dem Auto nach Burlington, oder nicht?«

»Tja, ich hatte es mir so überlegt. Aber wir können genauso gut auch Sarahs Auto nehmen. Dann kannst du mein Auto haben und brauchst überhaupt nicht mit dem Bus zu fahren.«

»Ich möchte deine Pläne nicht durcheinander bringen, Dad. Ich kann den Bus nehmen. Das ist kein Problem.«

»Nein, Claire. Es ist mir wirklich lieber, wenn du mit dem Auto fährst.«

»Wenn du meinst . . .«

»Ja, genau das meine ich«, erwiderte er entschlossen. »Wenn ich so darüber nachdenke, möchte ich auch nicht, dass du spät in der Nacht noch nach Hause fährst. Warum besorgst du dir nicht ein Hotelzimmer in Portland? Dann kannst du die Nacht über bleiben und am Morgen frisch ausgeruht bei Tageslicht nach Hause fahren.«

»Ich weiß nicht, Dad«, sagte Claire gespielt nachdenklich. »Ich wüsste ja gar nicht, wo ich bleiben soll.«

»Mach dir darüber keine Gedanken. Die Bank bekommt im Ritz Carlton einen Spezialpreis. Ich werde heute noch von meiner Sekretärin ein Zimmer reservieren lassen.«

»Dad, ich glaube wirklich nicht . . .«

Er hob abwehrend die Hand. »Ich weiß, dass du ein großes Mädchen bist und ich mich übertrieben ängstlich anhöre. Tu mir einfach den Gefallen, Claire. Ich habe ja gar nicht mehr so lange Gelegenheit ein überbesorgter Vater zu sein.«

»Tja, wenn du darauf bestehst«, sagte sie und erhob sich. »Vielen Dank, Dad.«

Als sie ihren Vater auf die Wange küsste, seufzte Claire zufrieden auf. Alles lief genau so, wie sie es geplant hatte. Es war, als ob Amor selbst sich für Claire einsetzte. Es war, als hätte sie endlich jemanden gefunden, der die Notwendigkeit von Vorwänden und Ränken unnötig machte. Sie fühlte sich eigenartig leicht und völlig entspannt.

Amor würde sicherstellen, dass Freitagnacht genauso unvergesslich würde, wie sie es sich vorstellte.

»Es ist ja nicht so, dass es mir nicht gefällt«, sagte Zoey so vorsichtig wie möglich, »es ist nur, dass es . . . na ja, es ist ziemlich rot.«

»Wenn du versuchst mir klarzumachen, dass ich aussehe wie Bozo der Clown, dann solltest du mit der Wahrheit herauskommen und es sagen, Zoey. Ich verspreche, ich werde nicht beleidigt sein«, erwiderte Nina.

Zoey und Alsha versuchten sich von dem Schock zu erholen, seit Nina ihre Mütze abgenommen und ihre neue Haarfarbe enthüllt hatte. Zoey nahm an, dass es den Rest der Fahrt auf der Fähre dauern würde, bis sie es richtig verkraftet hatten. Wenn es schon sonst nichts Aufheiterndes gab, hatte zumindest Ninas Haartönung die übliche öde Montagmorgen-Routine durchbrochen.

»Du siehst nicht aus wie Bozo der Clown«, widersprach Zoey. »Nur irgendwie . . . anders.«
»Seit wann wolltest du denn dein Haar tönen? Und warum hast du nicht eine von uns angerufen, um dir helfen zu lassen?« Aisha klang ehrlich verblüfft. »Was hast du dir denn bloß gedacht?«
Nina zuckte mit den Schultern. »Ich hatte mich nur ein wenig gelangweilt. Es sind ja nur Haare. Außerdem kann ich es wieder umtönen, wenn ich will.«
»Das stimmt«, gab Zoey zu, froh, dass ihre Freundin wieder vernünftig klang. Sie bezweifelte, dass Nina selbst die Farbe länger als eine Woche würde ertragen können.
»Das muss ich dir lassen, Nina«, meinte Aisha. »Mit diesen Armeeklamotten und deiner neuen Haarfarbe gibst du ganz das Bild eines gestörten Teenies ab.«
»Ich tue, was ich kann«, erwiderte Nina, steckte sich eine Lucky Strike in den Mund und saugte daran.
»Nina, wow, dein Haar sieht ja . . .« Lucas hatte sich noch kurz mit Jake unterhalten und war dann zu ihnen getreten. Er legte beiläufig den Arm um Zoey.
». . . rot aus?«, beendete Nina für ihn den Satz.
»Ja. Rot«, sagte er mit einem Nicken.
»Sag nichts. Dir gefällt es auch nicht«, murrte Nina.
»Nein. Ich finde rotes Haar cool«, erwiderte Lucas.
Darauf möchte ich wetten, dachte Zoey unangenehm berührt. Dass sie praktisch das ganze Wochenende damit verbracht hatte, zuzusehen, wie Kate Levin jedes Wort von Lucas verschlungen hatte, war schlimm genug. Aber ständig zu hören, wie toll Lucas Kate fand, ging Zoey langsam ziemlich auf die Nerven.
Doch als sie zu Lucas sah, beruhigte sie sich wieder. Lucas trug ihr Lieblings-Sweatshirt – jenes, das die grünen Punkte in seinen braunen Augen so betonte. Sein Arm lag um ihre Schultern, nicht um Kates. Sie war Lucas' Freundin, und egal, wie Kate sich

benahm, das, was Zoey mit Lucas hatte, war etwas Besonders. Sie würde es niemals aufgeben.
Zoey wandte sich Nina zu, die schon die ganze Zeit ununterbrochen redete.
»... Lucille Ball, die eine der größten Komödiantinnen war. Wenn ich so darüber nachdenke, hätte ich mein Haar schon vor Jahren rot färben müssen.«
»Wie du meinst, Nina«, erwiderte Aisha und verdrehte die Augen.
Nina seufzte mit gespieltem Frust. »Wisst ihr, ich brauche diese Art von Pessimissmus nicht«, sagte sie und drehte sich auf dem Absatz um. »Es gibt Leute auf dieser Fähre, die über solch oberflächlichen Dingen wie Haarfarbe stehen.« Sie ging zur anderen Seite der Fähre, wo Benjamin saß und Walkman hörte.
»Eines muss man ihr wirklich lassen«, meinte Aisha mit einem Seufzer, »ganz sicher wird es mit ihr nie langweilig.«
»Allerdings«, pflichtete Zoey ihr bei.
»Warum hat sie denn ihr Haar überhaupt gefärbt?«, wollte Lucas wissen.
Zoey blickte zu Nina und ihrem Bruder hinüber. Benjamin hatte seinen Kopfhörer abgenommen und hörte Nina zu, die etwas zu ihm sagte.
»Sie hat in letzter Zeit viel um die Ohren gehabt«, sagte Zoey. »Sie musste wahrscheinlich einfach etwas Dampf ablassen.«
Sowohl Aisha als auch Lucas wussten, was sie meinte. Sie nickten beide verständnisvoll.
»Tja«, sagte Aisha munter, »er geht wieder zur Schule. Das ist doch ein Schritt in die richtige Richtung.«
»Genau«, stimmte Lucas ihr zu. »Und er ist von alleine gekommen, ohne dass ihn jemand dazu gedrängt hat.«
»Ich hoffe, ihr habt Recht«, seufzte Zoey. »Ich denke nur, dass Benjamin im Augenblick mehr durchmacht, als jeder von uns sich vorstellen kann.«

Sie blickte zurück zur Bank. Benjamin und Nina hielten Händchen. Vielleicht hatten Lucas und Aisha Recht. Vielleicht machte Benjamin den ersten Schritt in Richtung Genesung. Zoey hoffte es, nicht nur um seinetwillen, sondern auch um Ninas willen.

12

Aisha saß auf ihrem inzwischen angestammten Platz in der Bibliothek und starrte auf ein Kapitel, das »Brüche« überschrieben war. Ihr Magen knurrte schon seit geraumer Zeit, aber sie durfte noch nicht zum Abendessen. Sie hatte gerade erst auf die Uhr gesehen und es war noch nicht einmal halb sechs. Ob es ihr passte oder nicht, sie hatte immer noch eine Stunde, bevor sie gehen konnte, um mit der Fähre um 6 Uhr 40 nach Hause zu fahren.

Aisha stützte sich mit den Ellbogen auf dem Tisch ab und rieb sich die Augen. Sie hatte das ganze Wochenende an diesem Platz verbracht und gelernt. Nun fühlte sie sich wie erschlagen. Warum sollte sie nicht jetzt gleich gehen und nach dem Abendessen frisch anfangen?

Sie konnte irgendwo eine Stunde totschlagen, bevor sie nach Hause ging. Ein bisschen Abwechslung könnte sie definitiv gebrauchen. Aber wo? Es war zu kalt, um einfach ziellos in Weymouth spazieren zu gehen.

Sie blickte hinüber zum Gang. An exponierter Stelle hing ein Poster mit dem Bild von Martin Luther King Junior. »Februar ist der Monat der schwarzen Geschichte«, stand darunter. Aisha unterdrückte ein Lachen. Ihre Freunde in Boston hatten immer darüber Witze gerissen, dass der Februar zum Monat der Geschichte der Schwarzen gemacht worden sei, weil es der kürzeste Monat des Jahres war. Neben diesem Poster hing eines mit einem riesigen roten Herzen. Eine blumenverzierte Schrift verkündete: »Lesen ist romantisch – feiere den Valentinstag mit einem Buch!« Aisha seufzte. Dieser Valentinstag würde trübselig werden. Sie würde ihn tatsächlich

mit einem Buch verbringen – ihrem Schulbuch. Sosehr sie es sich auch wünschte, Christopher würde sicher nichts von sich hören lassen.
Aber warum sollte das sie davon abhalten, sich bei ihm zu melden? Valentinstag war die perfekte Ausrede, um ihn wissen zu lassen, dass ihr immer noch etwas an ihm lag. Aisha erhob sich von ihrem Platz. Sie wusste jetzt genau, was sie tun würde, bevor sie die Fähre nahm. Sie würde Christopher eine Karte zum Valentinstag kaufen.
Als sie ihre Bücher einsammelte, spürte Aisha, dass jemand sie beobachtete. Sie blickte auf und merkte, dass es David Barnes war, der sie von einem Tisch auf der anderen Seite des Zimmers aus ansah.
»Gehst du schon?«, fragte er sie und grinste überheblich.
Zur Hölle mit ihm, dachte Aisha. Sie konnte jetzt nicht gehen. Es würde David zu viel Befriedigung verschaffen. Christophers Karte musste noch warten.
»Würde dir wohl so passen«, gab sie zurück.
Als sie sich wieder setzte und ihr Buch öffnete, spürte Aisha neue Energie in sich aufsteigen. Sie hatte noch fünfundvierzig Minuten, in denen sie konzentriert lernen konnte.

Zoey saß am Küchentisch und aß übrig gebliebene Spagetti – kalt. Sie wusste, dass es ihr wahrscheinlich den Appetit für das Abendessen verderben würde, aber im Augenblick war ihr das egal. Nachdem sie die letzte Stunde damit verbracht hatte, französische Verben im Plusquamperfekt zu konjugieren, hatte sie das Gefühl sich eine Pause verdient zu haben.
Außerdem brauchte sie etwas, um nicht dauernd an Kate zu denken. Wie konnte Lucas sie nur ständig ertragen? Das ganze Wochenende hatte Kate von allem geschwärmt und versucht so intellektuell zu klingen. Für Zoey hatte sich das angeberisch und

unecht angehört, aber Lucas hatte aus einem für Zoey unverständlichen Grund jedes einzelne Wort verschlungen.
Sie blickte aus dem Fenster zur untergehenden Sonne. Es war erst Montag. Sie hatte immer noch vier Schultage bis zum Wochenende, aber nur drei, um zu entscheiden, welche Überraschung sie Lucas zum Valentinstag bereiten wollte.
Beim letzten Valentinstag war Zoey mit Jake zusammen gewesen. Sie hatten immer das Übliche gemacht – er schenkte ihr ein Stofftier oder Pralinen und sie ihm eine Karte. Aber dieses Jahr war es anders. Zoey war entschlossen etwas Besonderes für Lucas zu besorgen.
Um genau zu sein, hatte sie inzwischen praktisch alles wieder aus ihrer Liste gestrichen. Da sie ihm zu Weihnachten eine Brieftasche geschenkt hatte, kam Leder nicht in Frage. Urspünglich hatte Zoey an seidene Boxershorts gedacht. Sie waren ihr wie das perfekte Geschenk vorgekommen – romantisch und doch männlich. Aber nachdem sie darüber nachgedacht und Lucas' einseitige Denkweise in Betracht gezogen hatte, hielt Zoey es für das falsche Signal, ihm Unterwäsche zu kaufen.
Es ist einfach unmöglich, für Jungs einzukaufen, fand Zoey und schüttelte seufzend den Kopf.
Trotzdem wollte sie, dass der diesjährige Valentinstag etwas Besonderes wurde. Sie und Lucas hatten bereits so viel miteinander durchgemacht – in ein paar Monaten mehr, als sie mit Jake in Jahren erlebt hatte. Egal, wie selbstsüchtig oder launisch sie sich verhalten hatte, Lucas war immer für sie da gewesen. Und obwohl seine Küsse immer noch so leidenschaftlich wie immer waren, war das Wort Sex während des ganzen Wochenendes nicht über seine Lippen gekommen. Vielleicht war er immer noch gekränkt über ihre Affäre mit Aaron. Da wollte Zoey nicht auch noch knausrig erscheinen.
Sie spähte aus ihrem Küchenfenster den Hügel hinauf zu Lucas'

Haus. Sie konnte vage eine Gestalt erkennen, die in der Küche herumlief. Zoey ging in die Hocke, um besser sehen zu können, und sagte sich, dass sie nicht richtig spionierte. Wenn es Lucas war, würde sie winken.

Zoey sah das dunkelgrüne Sweatshirt und hob ihren Arm, ließ ihn allerdings eine Sekunde später sofort wieder fallen. Es war Lucas' Sweatshirt, ja, aber es wurde nicht von ihm getragen. Und Zoey konnte sehr gut erkennen, dass die Person, die es trug, sonst nichts weiter anhatte.

»Also, das war doch gar nicht so schlimm«, sagte Louise, als sie die Kirchentreppe hinunterging. »Ich glaube, es war auch ganz gut, dass so wenig Leute da waren. Du weißt schon, je weniger, je besser.«

Jake nickte zustimmend. Dies musste das angenehmste Treffen der Anonymen Alkoholiker gewesen sein, das er jemals besucht hatte. Nur ein Einziger hatte erzählt, dass er in der vergangenen Woche nicht durchgehalten hätte.

»Außerdem waren keine Neuen da. Das hilft auch immer«, warf Jake ein. »Und ich glaube, am Nachmittag kommen auch nicht so viele wie am Abend.«

»Ja. Die meisten Leute kommen jetzt erst aus der Arbeit«, bestätigte Louise.

Jake nickte. Die Sonne ging gerade unter. Es konnte noch nicht später als sechs Uhr sein.

»Ich weiß, dass ich dir das schon öfter gesagt habe, Jake, aber ich bin wirklich froh, dass du auch dabei bist.«

»Ja«, sagte er, »ich bin auch froh, dass du da bist. Und nicht nur, weil ich weiß, dass du es dringend gebraucht hast«, sagte er mit einem Lachen. Er wusste, Louise würde nicht beleidigt sein, wenn er ihre Vergangenheit erwähnte. Zum eigenen Alkoholproblem zu stehen gehörte zum Prozess des Trockenwerdens und Jake war

wirklich beeindruckt, wie ehrlich Louise gewesen war, was ihre alkoholbedingten Ausschweifungen betraf.
»Tja, wenn jemand das weiß, bist du das«, sagte sie mit einem wehmütigen Lächeln. »Es ist komisch. Ich meine, wir waren beide ziemlich am Ende, als wir tranken, und jetzt sind wir beide zusammen, um uns da rauszukämpfen.«
Jake spürte, wie sein Magen sich leicht verkrampfte. Er wusste, was Louise meinte, aber es war ein Gedanke, den er jedes Mal zu verdrängen versuchte, wenn er sie sah. Dennoch hatte keiner von ihnen beiden die Homecoming-Nacht vergessen. Sie waren beide betrunken gewesen und hatten schließlich auf irgendeiner Party miteinander geschlafen. Jake war so betrunken gewesen, dass er sich später an nichts erinnern konnte und erst von Louise erfuhr, was passiert war. Louise hatte Recht – sie waren beide definitiv ziemlich am Ende gewesen.
»Wir sind jetzt andere Menschen als die, die wir im Herbst waren«, erklärte ihr Jake.
Louise nickte. »Da hast du Recht.«
Sie liefen weiter, jeder in seine Gedanken vertieft.
»Ich freue mich nicht gerade auf Freitag«, sagte Louise plötzlich. »Es wird eine ziemliche Versuchung sein, etwas zu trinken.«
»Warum das denn?«
»Das ganze Theater um den Valentinstag. Es wird mich nur an alle die Fehler erinnern, die ich mit Jungs gemacht habe. Gegenwärtige Gesellschaft eingeschlossen.«
Jake hatte fast vergessen, dass der Valentinstag bevorstand. Nicht, dass es darauf ankam. Er hatte nicht vor den Tag zu feiern.
»Tja, ich werde auf jeden Fall zum Treffen gehen«, sagte er.
»Du hast keine anderen Pläne?«, fragte Louise mit einem hoffnungsvollen Ausdruck in den Augen.
»Nur der übliche Freitagabend. Ich werde dir beim Treffen einen Platz freihalten.«

»Super«, sagte sie. »Vielleicht könnten wir ja danach was zusammen essen gehen. Und dann noch ins Kino oder so.«
»Hört sich nicht schlecht an«, sagte er.
»Ich weiß, ich habe das schon öfter gesagt, Jake, aber ich bin so froh, dass wir Freunde sind. Es bedeutet mir sehr viel, mit dir von vorne anfangen zu können.«
»Mir bedeutet es auch viel«, sagte Jake. Das war sein Ernst. Es war gut, mit Louise befreundet zu sein. So empfand Jake weniger Abscheu über die Art und Weise, wie er seine Unschuld verloren hatte.
Louise umarmte ihn spontan, was Jake gerne erwiderte. Es fühlte sich gut an, sie zu umarmen, überraschend gut. Und das hatte nichts mit den Treffen der Anonymen oder der Aufarbeitung der Vergangenheit zu tun.
Doch dann löste Jake sich aus der Umarmung. Er musste seinen Kopf klar bekommen, bevor die Dinge sich zu rasch entwickelten – wenn es denn überhaupt so sein sollte.
Jake öffnete den Mund, um etwas zu sagen, und hielt dann wie vom Blitz getroffen inne. Dort, auf der anderen Straßenseite, stand mit funkelnden Augen Lara.

13

Die kalte Luft brannte auf Zoeys Gesicht, als sie zu Lucas' Haus hinüberrannte. Sie hatte gerade noch daran gedacht, ihre Jacke zu nehmen, bevor sie aus dem Haus rannte, entschlossen Kate und Lucas zur Rede zu stellen.

Zoey konnte sich nicht erinnern, wann sie das letzte Mal so wütend gewesen war. Vom ersten Augenblick an, als sie Kate Levin gesehen hatte, war ihr klar gewesen, dass dieses Mädchen hinter Lucas her war. Aber sie hatte sich um Lucas' willen Mühe gegeben nett zu Kate zu sein.

Tja, tut mir Leid, dachte sie, aber dieses ganze Schwester-die-er-nie-hatte-Zeugs geht langsam zu weit, wenn sie in dem Sweatshirt herumläuft, das heute Nachmittag noch er selbst getragen hat.

Sie klopfte an die Haustür der Cabrals.

Einen Augenblick später öffnete Kate. »Hallo, Zoey«, grüßte sie mit einem Lächeln. »Komm doch rein.«

Kate trug tatsächlich Lucas' Sweatshirt. Ihr langes rotes Haar hatte sie zu einem Pferdeschwanz zusammengebunden.

»Hübsches Sweatshirt«, sagte Zoey.

»Oh.« Kate blickte auf das Shirt hinab, das kaum die Hälfte ihrer Oberschenkel bedeckte. »Es gehört mir nicht.«

»Das weiß ich«, sagte Zoey kühl.

»Ich bin gerade dabei, meine Wäsche zu waschen, und deshalb brauchte ich etwas, was ich tragen kann, während meine Sachen trocknen.« Kate sah verwirrt aus und ihr Gesicht war gerötet. Von einem schlechten Gewissen, vielleicht?, dachte Zoey. »Ich habe das hier auf dem Boden im Badezimmer gefunden und dachte, dass Lucas bestimmt nichts dagegen hätte. Ich habe doch nichts

falsch gemacht? Dieses Sweatshirt hat doch nicht irgendeine Art von Erinnerungswert für euch beide, oder?«
Sosehr es ihr auch missfiel, eines musste Zoey neidlos anerkennen – Kate ließ ihr unschuldiges Gehabe nicht einmal für eine Sekunde fallen. Jetzt tat sie so, als sei sie besorgt darüber, in Zoeys Territorium eingedrungen zu sein. Was für ein Witz! Tja, dieses Spiel konnte Zoey auch spielen.
»Mach dir keine Sorgen, Kate«, sagte Zoey von oben herab. »Lucas sieht in dir praktisch eine Schwester.« Das sollte sie auf ihren Platz verweisen.
»Wirklich?«, fragte Kate und wieder wurde sie rot. »Hat Lucas das zu dir gesagt?«
»Ja«, erwiderte Zoey trocken. »Das sagt er die ganze Zeit.«
»Das ist ja so lieb«, meinte Kate. »Bestimmt weißt du es schon, Zoey, aber du hast wirklich einen tollen Freund.«
»Ich wusste das tatsächlich schon«, erwiderte sie. »Und wenn du nichts dagegen hast, werde ich ihn jetzt besuchen.« Und ihm meine Meinung sagen.
»Oh, das kannst du nicht!«
Das konnte sie nicht? Wie bitte? Wer glaubte Kate denn, wer sie war? Und was genau versuchte sie zu verbergen, indem sie Zoey davon abhielt, zu Lucas zu gehen? Zoey spürte, wie die Wut wieder in ihr aufstieg. Sie hatten doch nicht etwa . . .
»Er ist unterwegs, etwas für seine Mutter erledigen«, erklärte Kate. »Er müsste aber in ein paar Minuten wieder da sein.«
Lucas war wahrscheinlich in seinem Zimmer, halb angezogen, oder noch schlimmer, ganz ausgezogen. Ganz bestimmt würde Zoey es Kate nicht so leicht machen, sie loszuwerden.
»Dann geh ich schnell hoch und hinterlasse ihm eine Nachricht«, erwiderte Zoey und ging die Treppe hinauf.
»Okay«, sagte Kate und verließ den Flur.
Kate hatte so gelassen reagiert, dass Zoey sich schon fragte, ob

sie vielleicht tatsächlich die Wahrheit gesagt hatte. War Lucas wirklich nicht da?
Es gab nur eine Möglichkeit, das herauszufinden. Zoey stieg die restlichen Stufen der Treppe hinauf und sah auf Lucas' geschlossene Zimmertür. Sie wappnete sich gegen das, was sie vielleicht dahinter vorfinden würde, griff nach dem Türknauf und öffnete die Tür.
Das Zimmer war leer. Zoey traf es wie ein Schlag – wie unglaublich dumm war sie gewesen. Und sie verspürte ein wahnsinnig schlechtes Gewissen. Schon wieder hatte sie Lucas misstraut.
Sie ging nach unten und auf die Haustür zu und kam sich wie eine Idiotin vor. Sie hatte erwartet Lucas dabei zu erwischen, wie er sie betrog. So wie er sie in den Armen von Aaron Mendel gefunden hatte. Aber wieder einmal hatte sie sich getäuscht. Lucas war völlig unschuldig.
»Hallo, Zoey«, rief Kate vom Flur aus. »Du brauchst nicht zu gehen. Du kannst gerne hier bleiben, bis Lucas zurückkommt. Ich freue mich über Gesellschaft.«
Kate trug immer noch Lucas' Sweatshirt und Zoey konnte nicht anders, als jedes Mal zusammenzuzucken, wenn sie Kate darin sah.
»Nein, danke«, antwortete sie, während sie die Tür öffnete. »Sag ihm einfach, dass ich da war.«

Während der vergangenen Stunde war Claire zu der Ansicht gekommen, dass »Cosmopolitan« die schlechteste Zeitschrift war, die sie jemals gesehen hatte.
Sie hatte die Zeitschrift wegen des Artikels »Zehn Tipps zur perfekten Verführung am Valentinstag« gekauft, aber der Beitrag war enttäuschend gewesen. Wer brauchte denn eine Zeitschrift, um ein Schaumbad bei Kerzenlicht vorgeschlagen zu bekommen? Oder dem Liebsten eine Ganzkörpermassage mit Körperöl zu

geben? Der Artikel war nur ein weiterer Beweis dafür, dass die meisten Leute auf der Welt ernsthafte Phantasie-Defizite hatten. Trotzdem musste sie zugeben, dass es ihr einen gewissen Kick versetzt hatte, das Magazin zu kaufen. Aber andererseits, fast alles, was mit ihren Valentinstagplänen zu tun hatte, versetzte ihr einen gewissen Kick.

Claire klappte die Zeitschrift zu und stand von ihrem Bett auf. Als sie zu ihrem Rucksack ging, der in einer Ecke des Zimmers stand, spürte Claire, wie der Boden vibrierte. Nina hatte die Anlage so aufgedreht, dass der Bass durch das ganze Haus pulsierte. Claire rannte die Treppe hinunter, um die übliche »Nina, kannst du bitte deine furchtbare Musik leiser stellen?«-Diskussion zu führen.

Nachdem sie fünfmal an die Tür ihrer Schwester geklopft hatte, wurde die Musik schließlich leiser gestellt. Claire hörte das Klicken des Riegels und die Tür ihrer Schwester öffnete sich einen Spaltbreit.

»Nina«, begann sie, »ist es wirklich nötig . . .« Doch dann hielt Claire mitten in ihrem Satz inne. Ninas Wangen glühten und ihre Augen waren gerötet und verquollen. Anscheinend hatte sie geweint.

Sie mäßigte ihren Ton. »Alles in Ordnung mit dir, Nina?«

»Ich stell die Musik ja schon leiser, Claire. Du kannst wieder in deinen Sarg zurück«, sagte Nina und wollte die Tür wieder schließen.

»Warte mal einen Moment«, sagte Claire und blockte die Tür mit der Hand ab. »Was ist denn los?«

Nina verdrehte die Augen. »Rate mal, Claire!«

»Ich dachte, die Situation würde langsam wieder normal«, sagte Claire vorsichtig. »Benjamin hat doch gestern Abend angerufen. Und er ist zur Schule gegangen. Was ist denn passiert?«

»Tja, ich dachte auch, es würde besser. Aber das war nur ein frommer Wunsch.«

Ein frommer Wunsch, den sie alle gehegt hatten, das wurde Claire mit einem Mal klar.

»Was ist denn passiert?«

»Nichts. Er ist immer noch deprimiert. Er ist immer noch nicht er selbst. Und ich frage mich langsam, ob er jemals wieder der alte Benjamin sein wird.«

Claire war ziemlich sicher, dass irgendetwas zwischen Nina und Benjamin vorgefallen war, aber sie beschloss nicht weiter nachzufragen. Die Details darüber, was Nina diesmal so aufgebracht hatte, waren unwichtig. Worauf es ankam, war die Frage, was man diesbezüglich unternehmen konnte.

»Hast du denn schon irgendwelche Pläne für den Valentinstag?«, fragte sie Nina.

»Ob du es glaubst oder nicht, Claire, ich hatte andere Dinge im Kopf.«

»Das ist mir klar und genau deshalb spreche ich es auch an.« Ninas Sarkasmus machte das Ganze auch nicht leichter. »Ich treffe Aaron auf einer großen Party Freitagabend in Portland. Warum kommt ihr nicht mit?«

Ninas Gesichtsausdruck zeigte völlige Verwirrung. »Ich weiß nicht . . .«

»Von der Insel herunterzukommen könnte Benjamins Laune heben«, argumentierte Claire.

»Was springt dabei für dich heraus?«

»Du magst es mir vielleicht nicht glauben, Nina, aber es macht mir keine Freude, dich wie ein Häufchen Elend im Haus herumschleichen zu sehen.«

Nina seufzte. »Ich weiß nicht«, sagte sie. »Es ist ja nicht so, als ob wir irgendwelche anderen Pläne hätten.«

»Gut.« Claire merkte, wie sich ein zufriedenes Lächeln auf ihrem Gesicht ausbreitete. »Dann kommt ihr mit.«

»Ich werde Benjamin fragen«, erwiderte Nina.

»Sehr gut«, sagte Claire und wandte sich zum Gehen. Den guten Samariter zu spielen machte überraschend viel Spaß. Sie stieg die Treppe zu ihrem Zimmer mit neuem Elan hinauf.

Claire klopfte sich immer noch selbst auf die Schulter, als ihr ein paar Minuten später aufging, dass ihre gute Tat ihre eigenen Pläne durcheinander bringen konnte. Jetzt würde sie Nina und Benjamin zurück zur Insel chauffieren müssen anstatt die Nacht mit Aaron im Hotel verbringen zu können.
Sie ging nach unten und klopfte noch einmal an Ninas Tür.
»Wenn du schon dabei bist«, sagte Claire, »dann kannst du auch gleich Zoey und Lucas einladen.«

Lucas

Was Liebe ist?

Ich hoffe, du erwartest nicht irgendeine tiefgründige philosophische Antwort auf diese Frage, denn wenn ja, hast du den Falschen gefragt.
Ich meine, ich weiß nicht, was Liebe ist. Es ist das, was ich für Zoey empfinde. Aber wenn ich genau darüber nachdenke, was es denn ist, was ich für sie empfinde, dann wird es irgendwie kompliziert.
Natürlich ist da die übliche körperliche Anziehung, die ich definitiv bei Zoey verspüre. Aber zur Zeit versuche ich cool zu bleiben, also sollte ich wahrscheinlich nicht so genau darüber nachdenken, weshalb und warum ich Zoey wirklich so begehre. Wirklich, richtig begehre.
Dann ist da noch dieser Teil von mir, der alles tun würde, um sie glücklich zu machen (was der Grund dafür ist, warum ich in letzter Zeit so oft kalt dusche).
Aber da ist noch ein weiterer Teil von mir, und ich weiß nicht, ob Zoey überhaupt eine Ahnung davon hat. Ich glaube, er ist eine Mischung aus Dankbarkeit und Hoffnung. Dieser Teil von mir sah in Zoey immer das Symbol für das Gute. Ich dachte nie, dass sie perfekt sei oder so, aber sie war immer der netteste Mensch, den ich kannte. Während der Jahre in der Jugendstrafanstalt, wo ich von Typen umgeben war, die das genaue

Gegenteil waren (und das ist noch milde ausgedrückt), hat mir allein der Gedanke an Zoeys Lächeln geholfen, vieles durchzustehen. Und als ich zurückkam und sie wirklich mit mir gehen wollte, kam mir der Gedanke, dass es vielleicht auch in mir das Gute gäbe. Zoey war der erste Mensch, der mir das Gefühl gegeben hat, dass ich etwas wert sei.

Man könnte also sagen, dass ich, indem ich sie liebe, auch irgendwie gelernt habe mich selbst zu schätzen. Was nun eigentlich doch fast philosophisch ist.

14

Das Plakat am Ende des Flurs war riesig. Lucas konnte nicht anders, als stehen zu bleiben und es anzustarren. Darauf stand:

Nelken zum Valentinstag!!!
Unterstützt den Schülerbeirat und
zeigt jemandem, dass ihr ihn mögt!
Weiß = Freundschaft
Rosa = Vielleicht mehr?
Rot = Leidenschaft!
Expressauslieferung am Valentinstag
Heute (Dienstag) und morgen (Mittwoch)
Verkauf in der Cafeteria

Lucas brauchte das Poster nicht, um daran erinnert zu werden, dass er weniger als vier Tage hatte, um sich etwas Besonderes für Zoey zu überlegen. Zusätzlich zu den Blumen, die zu kaufen er jetzt praktisch verpflichtet war.

»Versuchst du dich für eine Farbe zu entscheiden, Cabral?«, ertönte Jakes Stimme hinter ihm.

»Ich dachte mehr an ein Geschenk. Blumen werden ja wohl kaum ausreichen.«

»Wie wäre es mit einer Schachtel Pralinen?«

»Das würde mir nicht gerade ein paar Punkte in Sachen Einfallsreichtum verschaffen«, meinte Lucas.

»Tja, du könntest immer noch sagen, dass du es mit der Tradition hältst«, erklärte Jake.

Es hatte eine Zeit gegeben, in der Lucas sich nicht hätte vorstellen können eine Unterhaltung mit Jake McRoyan zu führen, die nicht mit einer Prügelei endete. Besonders nicht eine Unterhaltung, die Lucas' Beziehung zu Zoey betraf. Aber jetzt lagen die Dinge anders. Einen Abend im Badezimmer mit einer betrunkenen Lara McAvoy zu verbringen, die mit Beleidigungen um sich wirft und sich ständig erbricht, war genug, um das Kriegsbeil zu begraben.

»Ich bezweifle, dass ich irgendetwas sagen könnte, was meine Einfallslosigkeit ausgleichen würde, wenn ich an Zoeys Tür mit einem Sampler von Whitman erscheine. Mädchen nehmen dieses Valentinszeug ziemlich ernst.«

»Wem sagst du das.« Jake nickte.

»Hast du denn irgendwelche Pläne für Freitag?« Lucas hob viel sagend eine Augenbraue.

»Ehrlich gesagt, ja«, antwortete Jake und starrte auf seine Füße.

»Du triffst dich doch nicht etwa mit Lara, oder?«

»Nein«, sagte Jake entschieden, »das ist vorbei. Ich habe sie letzte Woche besucht. Sie war wieder einmal völlig betrunken. Ich habe ihr gesagt, dass endgültig Schluss ist.«

»Wahrscheinlich eine weise Entscheidung«, sagte Lucas.

»Ja.« Jake sah nachdenklich in die Ferne. »Aber vielleicht sollte das lieber unter uns bleiben. Ich möchte sie nicht bei ihrem Vater in Schwierigkeiten bringen.«

Lucas nickte. Normalerweise hasste er Geheimnisse. Sie brachten ihn meistens in irgendwelche Schwierigkeiten. Aber er wusste, dass Zoey Lara sowieso in Verdacht hatte weiterzutrinken, also war es eigentlich gar kein Geheimnis.

»Also, wenn deine Pläne für den Valentinstag nichts mit Lara McAvoy zu tun haben, was machst du denn dann?«, wollte Lucas wissen.

»Ach, eigentlich nichts Besonderes. Ich gehe einfach zu einem Treffen und danach noch mit jemandem essen.«

Lucas fragte sich, was für eine Art von Treffen freitagabends wohl abgehalten wurde, aber dann erinnerte er sich, dass Jake freitags zu den Anonymen Alkoholiker ging.

»Das klingt ungefähr so romantisch, wie mein Freitagabend werden wird, wenn ich nicht bald irgendeine Idee habe«, sagte Lucas verdrossen.

»Du kannst ja Zoey mitbringen, wenn du willst«, witzelte Jake, als er den Flur entlangging. »Sie bieten dort auch Kaffee an.«

»Ich bin pleite genug, um in Versuchung zu geraten«, rief Lucas ihm nach.

Das Traurige war, dass das stimmte. So wie es aussah, konnte Lucas sich kaum die Rosen leisten, die er Zoey schenken wollte. Das Plakat der Schülermitverwaltung hatte diese Idee ja sowieso zunichte gemacht. Jetzt würden es Nelken sein.

Er konnte ihr ein Parfüm schenken, aber das müsste dann eine ziemlich billige Marke sein und das war die Sache kaum wert. Schmuck kam auch nicht in Frage. Was er sich leisten konnte, wäre nur Ramsch.

Als er den Flur entlang zum Geschichtsunterricht ging, hatte er plötzlich einen Einfall. Er konnte ihr ein romantisches Essen bei Kerzenlicht bieten. Das wäre nicht teuer, aber liebevoll – das perfekte Geschenk.

Es gibt nur ein Problem, dachte Lucas, während er sich auf seinen Platz setzte. Ich habe noch drei Tage, um kochen zu lernen.

»Ich kann mich nicht entscheiden, was deprimierender ist«, stöhnte Aisha während des Essens, »die Tatsache, dass ich niemanden habe, der mir Blumen schenkt, oder die Tatsache, dass es heute ›Strammer Max‹ gibt.«

Seitdem die Plakate aufgehängt worden waren, herrschte in der Schule Valentinstag-Fieber. Es trug dazu bei, dass Aisha nur wieder einmal an ihr unfreiwilliges Single-Dasein erinnert wurde.

»Von wegen ›Strammer Max‹«, meinte Zoey, während sie versuchte das labbrige Brot in die Hand zu nehmen, »der Name passt jedenfalls nicht.«

»Mir fielen ein paar Namen ein, die passender wären: Weicher Max. Abscheulicher Max.« Nina machte eine bedeutungsvolle Pause.

»Ich kann es kaum erwarten«, sagte Aisha und verdrehte die Augen. Sie kannte Ninas Dreier-Regel und wartete auf Bezeichnung Nummer drei.

»Gesundheitsamt-Max.«

»Nicht schlecht«, sagte Aisha und nickte. »Dann, denke ich, ist es doch deprimierender, blumenlos zu sein.«

»Woher weißt du denn so genau, dass du nicht doch welche bekommst?«, fragte Zoey. »Du könntest ja einen heimlichen Verehrer haben.«

Aisha warf Zoey einen viel sagenden Blick zu. »Ja. Und ich könnte auch im Lotto gewinnen.«

»Ich würde die Chancen für beides ungefähr gleich einschätzen«, meinte Nina zwischen ein paar Bissen.

»Vielen Dank für deine tröstenden Worte, Nina.«

»Wenn es dir ein Trost ist, Aisha, ich rechne auch nicht damit, Blumen zu bekommen«, bemerkte Claire.

»Danke Claire, aber das liegt doch nur daran, dass dein Freund nicht hier ist.«

Claire zuckte mit den Schultern. »Blumen von der Schülermitverwaltung zählen sowieso nicht. Das ist doch nur Babykram.«

»Ich weiß nur, dass ich es kaum erwarten kann, bis der Freitag vorbei ist und Amor das Gebäude wieder verlassen hat«, murrte Aisha.

»Du kommst aber mit uns nach der Schule ins Einkaufszentrum, oder?« Zoey runzelte besorgt die Stirn.

Aisha konnte es ihr nicht übel nehmen. Mit den Geiger-Schwestern allein zu sein war nie sehr angenehm.

»Ja, ich komme mit«, erklärte Aisha, »solange ihr mir versprecht mich nicht mit eurem Glück zu nerven.«
»Das dürfte nicht zu schwer sein«, sagte Nina grimmig.
Einen Moment lang sagte niemand etwas. Sie kannten alle den Grund für Ninas Bemerkung. Benjamin war wieder nicht zur Schule gekommen. Sie hatten das Thema diesen Morgen auf der Fähre schon bis zum Gehtnichtmehr durchgekaut. Was gab es da noch zu sagen?
»Kommt ihr eigentlich alle zu der Party am Freitag?«, brach Claire das Schweigen.
»Die in Portland?«, fragte Zoey. »Wer veranstaltet die denn?«
»Jemand, den Aaron aus dem Internat kennt«, sagte Claire. »Du kommst doch, oder? Es macht dir doch nichts aus, dass er dort sein wird?«
»Warum sollte mir das etwas ausmachen?«, sagte Zoey abwehrend. »Er ist ja dein Freund.«
»Ja«, meldete sich Nina zu Wort, »und schließlich gehört er praktisch zur Familie.«
Aisha blickte zu Claire, aber wie üblich war diese so kühl wie Eis.
»Also kommt ihr alle?«, fragte sie, ohne weiter auf die Bemerkung einzugehen.
»Ich nicht«, sagte Aisha. »Ich muss lernen. Außerdem . . . Wenn ich sehe, wie die Leute sich dort amüsieren, wird es mich nur daran erinnern, dass ich am Valentinstag alleine bin.«
Claire streckte den Arm aus und legte ihn kurz um Aishas Schulter.
»Keine Sorge«, sagte sie. »Die Liebe kommt auch zu dir, und zwar dann, wenn du es am wenigsten erwartest.«
Aisha war verblüfft. Sie blickte über den Tisch zu Zoey, die nicht weniger überrascht aussah. Jemand musste etwas in Claires Strammen Max getan haben.

Ein Valentins-Einkaufstrip: Was sie gekauft haben

Claire

Kaufte ein purpurrotes Nachthemd aus Seide, nachdem sie beschlossen hatte, dass ein Strumpfband zu offensichtlich wäre.

Aisha

Dachte, die antike Taschenuhr sei zu extravagant angesichts der Tatsache, dass zwischen ihr und Christopher wahrscheinlich Schluss war. Entschloss sich für eine nette (aber nicht zu romantische) Karte.

Nina

Fragte den Typ im Musicland nach Jazz-CDs, die nicht zu deprimierend waren, wenn es so etwas überhaupt gäbe. Hoffte »Big Bands-Greatest Numbers« und Dave Brubecks »Time Out« würden es auch tun.

Zoey

Kaufte einen grünen Sweater bei »The Gap« und hoffte, dass mit viel Glück Kate die Hände davon lassen würde.

15

Benjamin saß auf der Fähre und versuchte seine Gedanken damit zu betäuben, dass er im Walkman auf höchster Lautstärke Elvis Costello hörte. Unglücklicherweise funktionierte es nicht.

Es war ein deprimierender Tag in der Schule gewesen. Er hatte die Wochentage verwechselt und war nach seinem Mittwoch-Stundenplan gegangen und nicht nach dem für Donnerstag. In der zweiten Stunde hatte Benjamin Englisch erwartet, fand sich aber stattdessen in einer Unterrichtsstunde über Trigonometrie wieder. Noch schlimmer als seine anfängliche Verwirrung war die Tatsache, dass niemand ihn auf seinen Fehler angesprochen hatte. Sie hatten alle viel zu viel Mitleid mit ihm gehabt oder zu viel Angst ihn in Verlegenheit zu bringen. Er musste mitten in der Stunde aufstehen und in ein anderes Klassenzimmer gehen, was eines der demütigendsten Erlebnisse in Benjamins Schulleben war, aber er nahm an, es war der Preis, den man dafür bezahlen musste, so lange die Schule zu schwänzen und einen Tag in den nächsten übergehen zu lassen.

Benjamin merkte, wie jemand sich neben ihn setzte. Die Mischung aus Pfirsich-Shampoo und Tabak sagte ihm, dass es Nina war und dass sie an einer Zigarette zog.

Er überlegte, ob er die Lautstärke seines Walkmans runterdrehen sollte, und wusste, dass dies als Einladung für eine Unterhaltung verstanden würde. Benjamin war definitiv nicht in der Stimmung sich zu unterhalten.

Das leichte Klopfen auf seiner Schulter war eindeutig. Wie immer wollte Nina sich unterhalten. Benjamin hätte es besser wissen

sollen als zu glauben, Nina setzte sich aus irgendeinem anderen Grund neben ihn. Er drückte auf die Stopp-Taste.
»Hi, Nina«, sagte er.
»Auch hi«, erwiderte sie. »Was hast du denn gehört?«
»Punch the Clock«, antwortete er.
»Elvis Costello, ja? Ich hätte meinen Kopfhörer mitbringen sollen.«
Nach Jahren der Uneinigkeit über Musik, hatten die beiden während ihrer ersten Reise nach Boston festgestellt, dass es einen Musiker gab, den sie beide mochten – Elvis Costello. Das war nicht die einzige Besonderheit dieser Reise gewesen. In jener Nacht hatten sie beide zum ersten Mal miteinander geschlafen – in Zimmer 428 im Hotel Malibu. Es schien eine Million Jahre her. Wenn Benjamin zurückdachte, kam es ihm vor, als ob das alles einem anderen Menschen passiert sei. Einem Menschen, der voller Hoffnung für seine Zukunft war.
»Also, wie war dein Tag?«, fragte Nina in dem gezwungen fröhlichen Ton, den sie in letzter Zeit immer anschlug.
»Ehrlich, Nina, du willst es gar nicht wissen.«
»Was meinst du damit, dass ich es nicht wissen will? Natürlich will ich es wissen. Sonst hätte ich dich ja nicht gefragt.«
»Okay, du willst es wissen. Aber ich will nicht darüber reden.«
»Oh«, erwiderte sie kurz. »Tja, das kommt davon, weil du dauernd gefehlt hast. Ich könnte mit dir nach Hause gehen und dir vorlesen. Ich habe nicht sehr viele Hausaufgaben und vielleicht könntest du so schneller aufholen.«
Benjamin empfand eine Mischung aus Frust, Ärger, Wut und Schuldgefühl. Er wusste, dass Nina sich Sorgen machte, und er hasste sich selbst dafür, dass er ärgerlich auf sie war. Aber warum konnte sie denn einfach nicht aufhören ihn zu drängen?
»Nein, danke«, erwiderte er und achtete darauf, keinerlei Emotionen in seiner Stimme mitschwingen zu lassen. »Ich glaube, ich hatte genug Schule für einen Tag.«

»Nichts dagegen zu sagen«, erwiderte Nina. »Hast du dich schon wegen morgen entschieden? Es hört sich so an, als ob die Party ganz lustig werden könnte.«

Aus irgendeinem unerfindlichen Grund hatte Nina es sich in den Kopf gesetzt, dass sie Claire auf eine Party in Portland begleiten sollten. Benjamin hatte ihr versprochen darüber nachzudenken, aber er wusste bereits, dass er keinesfalls dorthin wollte. Sich durch ein fremdes Haus zu lavieren, das voller Leute war, die er nicht kannte, war ganz sicher nicht Benjamins Vorstellung von Spaß.

»Dann solltest du auch gehen«, sagte er zu ihr.

»Ich will nicht gehen, wenn du nicht gehst«, sagte sie.

»Dann geh nicht. Mach, was du willst.« Es hatte keinen Sinn, zu diskutieren. Nina konnte ihre eigenen Entscheidungen treffen.

»Benjamin, ich gehe nicht ohne dich zu dieser Party. Weißt du denn nicht, was morgen ist?«

»Freitag«, sagte er. Das Stundenplan-Chaos am Morgen hatte zumindest die Wochentage wieder in sein Gedächtnis gerufen.

»Nein. Ich meine das Datum«, sagte Nina. Ihr Ton enthielt eine leichte Spur von Enttäuschung.

Die Wahrheit war, dass Benjamin nicht die geringste Ahnung hatte, was Nina meinte. Er hoffte, es war nicht irgendeine Art von Jahrestag oder so was.

»Ich gebe auf«, sagte Benjamin mit einem Schulterzucken.

»Es ist Valentinstag, Benjamin«, klärte Nina ihn auf.

Sofort verspürte Benjamin eine Welle von Gewissensbissen über sich hereinbrechen. Er war in letzter Zeit so mit sich selbst beschäftigt gewesen, dass er an so etwas gar nicht gedacht hatte. Ich verdiene Nina überhaupt nicht, dachte er. Sie hatte alles versucht, um ihm zu helfen, und er hatte nicht einmal den Anstand sich an den Valentinstag zu erinnern. Er war blind, verbittert und ein fürchterlicher Freund.

»Es tut mir Leid, dass ich das vergessen habe, Nina«, begann er, »aber mir ist dieser Tage nicht gerade nach Feiern zu Mute.«
»Das versteh ich ja«, sagte Nina und nahm seinen Arm. »Mir ist die blöde Party ja auch ganz egal. Meinetwegen können wir auch zu Hause bleiben und uns den ganzen Abend das schlechte Fernsehprogramm reinziehen. Das Wichtigste ist, dass wir zusammen sind.«
Benjamin seufzte. Warum sollte sie mit ihm einen weiteren Abend schweigend herumsitzen? Warum konnte sie denn nicht verstehen, dass er völlig kaputt war, eine leere, ausgehöhlte Schale, jemand der ihr nichts zu bieten hatte? Er konnte sie nur immer weiter nach unten ziehen.
»Ich weiß dein Angebot zu schätzen, Nina, aber warum gehst du denn nicht einfach auf die Party und amüsierst dich? Ich glaube nicht, dass ich zur Zeit eine besonders gute Gesellschaft bin.«
»Benjamin . . .«, begann sie.
»Wirklich.« Benjamins Ton war fest. »Geh einfach!«

Als Nina nach Hause kam, ging sie geradewegs zum Gefrierschrank und dem Liter Eiscreme, der sich darin befand. Sie hatte schon oft genug gehört, wie schlecht es war, zum Trost zu essen, aber was wussten diese Leute schon, und außerdem schmeckte das Eis gut. Außerdem gab es nichts sonst, was sie tun konnte.
Nina war nicht verletzt, dass Benjamin den Valentinstag vergessen hatte. Sie war nicht einmal überrascht. Als Aisha sich beschwert hatte, dass sie keine Blumen bekommen würde, hatte Nina den Drang unterdrückt, ihr beizupflichten. Sie hatte das Gefühl gehabt, wenn sie es aussprach, würde es erst richtig wahr werden. Es war ihr erster Valentinstag mit einem richtigen Freund, aber Nina fühlte sich weit mehr allein als jemals zuvor.
In den letzten Jahren hatte sie das Ganze wenigstens noch in einen Witz verwandeln können. Zoey war dann mit ihren Blumen oder

ihren Süßigkeiten, oder was auch immer für ein kitschiges, unoriginelles Geschenk Jake ihr gegeben hatte, herumgelaufen, aber Nina hatte nicht einmal den Hauch von Neid verspürt. Blumen verwelkten, die Hälfte dieser Süßigkeiten hatte eine entsetzliche rosafarbene Füllung und außerdem, wer wollte denn schon irgendein rührseliges Geschenk von Jake?

Aber Nina wusste, dass sie sich dieses Jahr ganz anders fühlen würde. Zoey und Lucas wären noch enger zusammen als sonst. Claire würde krankhaft aufgeregt sein darüber, dass sie Aaron wieder sah. Selbst Aisha, deren Situation mit Christopher sie sicher deprimieren würde, säße in der Bibliothek, um zu lernen, und wäre deshalb für Nina keine Stütze. In der Zwischenzeit würde Benjamin sich weiter in seinem schwarzen Loch der Depression suhlen. Selbst wenn Amor einen extrastarken Pfeil nähme, bezweifelte Nina, dass er Benjamin durchdringen könnte.

Vielleicht hat er Recht, dachte Nina, während sie einen weiteren Löffel Eiscreme in sich hineinschaufelte. Vielleicht sollte ich trotzdem auf die Party gehen. Wenn man Benjamins neueste Vorliebe für das Alleinsein in Betracht zog, war es ihm wahrscheinlich sogar lieber, sie war in Portland, auch wenn das angeblich die romantischste Nacht des Jahres sein sollte.

Gerade als Nina dachte, dass sie kaum deprimierter sein könnte, betrat Claire die Küche. Sie trug das gleiche fröhliche Grinsen zur Schau, das sie schon die ganze Woche aufgesetzt hatte.

»Hallo, Nina«, sagte Claire fröhlich. Nina fragte sich, ob Sarah Mendels Glückskrankheit ansteckend war, und hoffte, dass sie immun dagegen war.

»Claire, du musst deine Stimmung leider eine Idee runterschrauben«, grummelte Nina. »Ich versuche meine Sorgen in Eiscreme zu ertränken und die Sonnenstrahlen, die von dir ausgehen, könnten es zum Schmelzen bringen.«

Claires Lächeln verschwand bei Ninas Worten. Sie runzelte die Stirn

in der besorgten Art und Weise, die Nina inzwischen bereits von ihr kannte.
»Alles in Ordnung mit dir, Nina?«, fragte Claire und setzte sich an den Tisch.
»Einfach toll. Danke der Nachfrage.« Ihre Schwester mochte sich dazu entschlossen haben, ihre Persönlichkeit zu wechseln. Nina jedoch wollte ihr altes sarkastisches Selbst behalten.
»Nina, was ist denn los?«
Nina seufzte erschöpft auf. Claire würde es sowieso früher oder später herausfinden, wie alle anderen auf der Insel.
»Benjamin will nicht zur Party mitgehen«, sagte sie. »Er will eigentlich gar nichts machen. Ich musste ihm überhaupt erst sagen, dass morgen Valentinstag ist.«
Claire nickte. »Also, was hast du vor?«
»Ich habe keine Ahnung. Benjamin sagt, ich sollte ohne ihn zur Party gehen.«
Claire zuckte mit den Schultern. »Vielleicht solltest du das wirklich tun.«
»So einfach ist das nicht, Claire«, begann Nina. »Es geht nicht nur um morgen Abend. Ich möchte, dass Benjamin sich von mir durch seine Krise helfen lässt, aber er scheint mich nur loswerden zu wollen. Wenn ich zur Party gehe, ist es, als ob ich aufgebe.«
»Vielleicht solltest du dann einfach aufgeben.«
»Zwischen Benjamin und mir, das ist etwas Besonderes, Claire. Ich kann ihn nicht einfach im Stich lassen, wenn es ihm so schlecht geht.«
»Ich schlage auch nicht vor, dass du ihn im Stich lässt. Alles, was ich sagte, ist, dass Benjamin im Augenblick viel durchmacht.«
»Glaubst du vielleicht, das weiß ich nicht?«
»Natürlich weißt du das. Aber vielleicht kann niemand richtig verstehen, wie Benjamin sich fühlt. Vielleicht muss er das mit sich alleine ausmachen.«

»Also meinst du, ich soll tun, was er sagt? Ich soll ihn allein und deprimiert zu Hause lassen und absolut nichts versuchen, um ihn da herauszuholen?«
»Ich glaube im Augenblick hast du keine große Wahl, Nina.«
Nina spürte, wie ihr Tränen in die Augen stiegen. Selbst wenn ihre Schwester Recht hatte, Nina wusste, dass sie unmöglich das tun konnte, was Claire vorschlug. Vielleicht könnte Claire jemanden allein lassen, den sie liebte. Schließlich war sie ja auch die Eisprinzessin.
Aber Benjamin bedeutete Nina viel zu viel, als dass sie ihn das Ganze allein durchstehen lassen konnte. Und selbst wenn er es ihr jetzt nicht zeigen konnte, wusste Nina, dass sie ihm etwas bedeutete.

16

Nach dem Essen machte Claire sich auf den Weg zum Haus der Passmores. Die Situation mit Benjamin belastete Nina zu sehr und Claire war entschlossen ihr zu helfen. Sie war sich sicher, dass Benjamin spürte, durch welche Hölle er seine Freundin schickte. Sie war sich aber auch ziemlich sicher, dass Nina ihre Gefühle Benjamin gegenüber noch nicht deutlich gemacht hatte.

Jemand musste Benjamin darauf aufmerksam machen, welche Auswirkungen sein Benehmen auf Nina hatte, und Claire wusste, sie war die Einzige, die zu ihm durchdringen konnte.

Claire schauderte unwillkürlich, als sie darauf wartete, dass ihr jemand die Tür öffnete. Es war eine weitere klare Nacht und die Temperatur musste seit Sonnenuntergang um einige Grad gefallen sein.

»Claire!« Zoeys Überraschung war deutlich aus ihrer Stimme zu hören. »Was bringt dich denn hierher?«

Claire konnt Zoeys Verwunderung verstehen. Seit sie und Benjamin sich getrennt hatten, war Claire nicht gerade ein häufiger Gast bei den Passmores gewesen. Selbst als sie noch ein Paar gewesen waren, hatte Claire immer die ungestörte Privatsphäre ihres Zimmers der gemütlichen Jeder-kann-jederzeit-vorbeischauen-Atmosphäre bei den Passmores vorgezogen. Aber an diesem Abend erforderten die Umstände es, dass Claire Benjamin in seinem Revier besuchte. Was sie zu sagen hatte, konnte nicht am Telefon gesagt werden.

»Ich bin gekommen, um Benjamin zu besuchen«, erwiderte Claire und lächelte, wie um die Merkwürdigkeit ihrer Erklärung zu mildern.

»Oh.« Wie üblich waren Zoeys Gedanken ihr ins Gesicht geschrieben. Claires Besuch hatte sie völlig verblüfft.
Dieses Mädchen wird irgendwann einmal die Kunst der Verstellung lernen müssen, dachte Claire.
»Kann ich reinkommen?«, fragte Claire und schauderte leicht in der kalten Nachtluft.
»Ja, klar. Ähm, Benjamin ist in seinem Zimmer, aber ich weiß nicht, ob er wirklich in der Stimmung ist Besuch zu empfangen.«
»Tja, dann muss ich eben einfach mein Glück versuchen«, sagte Claire, zog ihren Mantel aus und hängte ihn an die Garderobe. Als sie auf Benjamins Zimmer zuging, folgte Zoey ihr.
»Ich kenne den Weg noch, Zoey, vielen Dank.«
Normalerweise hätte Claire sich darüber amüsiert, Zoey durcheinander zu bringen. Aber so wie es stand, konnte sie die kleine Unruhe, die sie verursachte, nicht einmal genießen. Zu viel stand auf dem Spiel.
Sie holte tief Luft und klopfte an Benjamins Tür.
»Wer ist da?«, rief er.
Er erkennt mein Klopfen nicht mehr, dachte Claire.
»Claire. Kann ich mit dir reden?«
Es gab eine kurze Pause. »Komm rein!«
Sie öffnete die Tür und trat ein. Sein Zimmer war genau so, wie sie es in Erinnerung hatte. An den Wänden reihten sich CDs, die Poster hingen immer noch verkehrt herum. Das Einzige, was sich verändert hatte, seit Claire das letzte Mal hier gewesen war, waren sie beide.
»Was bringt dich zu mir, Claire?«, fragte Benjamin. Er saß auf dem Bett und blickte in Richtung Tür. Wie immer trug er die dunklen, undurchsichtigen Ray Bans.
»Was glaubst du denn, Benjamin?«, fragte Claire. Es war besser, ihn erst etwas auszuhorchen, bevor sie ihn mit einigen unangenehmen Tatsachen konfrontierte.

»Ich würde ja gerne sagen, es sei der Geist des vergangenen Valentinstags, aber ich glaube, das trifft es nicht ganz.«
»Es ist schön zu sehen, dass du immer noch deinen Sinn für Humor hast«, gab Claire zurück und setzte sich auf seinen Schreibtischstuhl.
»Selbst wenn ich immer noch blind bin?«, fragte Benjamin mit einer Bitterkeit in der Stimme, die sie bisher noch nicht bei ihm bemerkt hatte. Er hatte sich wirklich verändert.
»Selbst wenn du in letzter Zeit nicht du selbst warst.«
»Also geht es darum, Claire? Ein Genesungsbesuch?«
»Das auch«, antwortete sie. »Benjamin, ich möchte dir sagen, wie Leid es mir tut, dass die Operation nicht geklappt hat.«
»Tja, Claire, ich bedanke mich für dein Beileid. Es ist immer herzerquickend, zu wissen, dass die guten Menschen von Chatham Island mich bemitleiden.«
Claire lachte kurz auf. »Benjamin, du bist ungefähr der einzige Mensch auf dieser Insel, den ich nicht bemitleide.«
»Und weshalb nicht?«
»Weil alle anderen um uns in einer kleinen Traumwelt herumlaufen, die sie sich selbst geschaffen haben. Sie sehen die Dinge so, wie sie sie sehen wollen. Du siehst sie, wie sie sind. Darin sind wir gleich.«
»Aber du vergisst etwas, Claire. Ich kann überhaupt nicht sehen.«
Claire seufzte. »Oh doch, das kannst du, Benjamin, und das weißt du auch. Und selbst wenn du es jetzt nicht akzeptieren willst, kannst du immer noch auf die Art und Weise sehen, auf die es wirklich ankommt.«
»Ich bin gerührt«, sagte Benjamin tonlos.
»Tja, vielleicht denkst du mal darüber nach. Aber das ist nicht der Grund, weshalb ich heute gekommen bin.«
»Ich bin ganz Ohr.«
»Selbst wenn du verständlicherweise wütend und deprimiert bist,

Benjamin, solltest du Nina das nicht antun. Es ist nicht fair ihr gegenüber.«

Zum ersten Mal, seit sie das Zimmer betreten hatte, entdeckte Claire ein Spur von Gefühl auf Benjamins Gesicht.

»Nina ist nicht wie wir, Benjamin. Sie ist ein sehr emotionaler Mensch und sie kann das große Gesamtbild nicht sehen. Alles trifft sie direkt im Bauch. Sie mag eine tapfere Haltung nach außen aufsetzen, aber alles, was du austeilst, nimmt sie persönlich. Selbst wenn du es nicht willst, Benjamin, kommt dein Verhalten so bei ihr an.«

Keiner von ihnen beiden sagte für eine Weile etwas. Schließlich brach Benjamin das Schweigen.

»Ich verstehe, was du meinst«, sagte er.

»Ich wusste, dass du es verstehen würdest.« Claire erhob sich und ging zur Tür. So, das hätte sie erledigt. Jetzt konnte sie ihre Energien wieder auf das Wesentliche konzentrieren – auf Aaron.

»Weißt du, Lucas«, überlegte Kate, »du könntest einfach die doppelte Menge des Rezepts nehmen und es morgen wieder aufwärmen.«

»Auf keinen Fall«, protestierte Lucas. »Das wäre ja wie Betrug oder so.«

Er hatte den Großteil der vergangenen zwei Stunden damit verbracht, das Rezept für die Soße Marinara, das er in einem der Kochbücher seiner Mutter gefunden hatte, zu perfektionieren. Er hatte die Karotten hinzugefügt, wie Kate ihm geraten hatte, damit sie die Flüssigkeit der zerdrückten Tomaten aufnahmen. Nun musste das Ganze noch fünf Minuten köcheln, bevor er und Kate das Ergebnis probieren konnten.

»Weiß Zoey eigentlich, welches Glück sie hat einen Freund wie dich zu haben?«, fragte Kate. »Die meisten Jungs erinnern sich kaum an den Valentinstag, noch viel weniger verbringen sie Stunden damit, für ein romantisches Essen kochen zu lernen. Glaub mir, das weiß ich aus eigener Erfahrung.«

»Ehrlich gesagt, bin ich der Glückliche. Zoey ist das Beste, was mir je passiert ist. Sie hat praktisch mein Leben verändert.«

Kate hob in gespieltem Protest eine Hand. »Hör auf! Du bist so lieb und romantisch. Du wirst meine Ansprüche an Jungen viel zu hoch schrauben.«

»Du bist diejenige, die lieber aufhören sollte«, lachte Lucas. »Wenn du mein Ego zu sehr aufbaust, wird Zoey dir niemals vergeben.«

»Das glaube ich«, murmelte Kate.

Lucas, der gerade die Soße umrührte, hielt inne. »Was soll das denn bedeuten?«

»Nichts, ehrlich«, erwiderte Kate. »Ich habe nur das Gefühl, dass Zoey mich nicht besonders mag.«

»Was?«

»Ich weiß auch nicht, warum, aber ich habe einfach dieses Gefühl. Hat sie irgendetwas dir gegenüber erwähnt? Du kannst es mir ruhig sagen. Ich werde nicht beleidigt sein.«

»Sie hat kein einziges Wort über dich gesagt, Kate«, antwortete Lucas. Das war die absolute Wahrheit. Wenn er so darüber nachdachte, hatte Zoey überhaupt keine Meinung über Kate geäußert. »Aber wir drei haben uns doch letztes Wochenende bestens verstanden.«

»Oh, das ist es nicht«, sagte Kate. »Sie war wirklich nett und freundlich. Ich glaube nur nicht, dass wir einen richtigen Draht zueinander haben.«

»Sie hat nur viel im Kopf«, erklärte Lucas. »Die Sache mit ihrem Bruder beschäftigt sie zur Zeit sehr. Ich bin sicher, deshalb ist sie manchmal so abwesend.«

»Das muss es wohl sein.« Kate nickte. »Wenn sich bei ihr wieder alles ein wenig beruhigt hat, würde ich sie gerne etwas besser kennen lernen.«

»Ich bin sicher, das möchte sie auch«, sagte Lucas.

Zoey klopfte an die Zimmertür ihres Bruders und wartete auf seine Antwort. Sie konnte ein Saxophon laut jammern hören. Vielleicht hatte er ihr Klopfen nicht gehört. Sie wollte gerade noch einmal klopfen, da wurde die Tür geöffnet.
»Was ist denn los, Zoey?«, fragte Benjamin.
Sie war verblüfft. Benjamin kam fast nie selbst an die Tür.
»Ich wollte nur fragen, wie es dir geht«, sagte sie.
»Du meinst, du wolltest wissen, warum Claire vorbeikam, stimmt's?«
Zoey wurde bei seiner unverhüllten Frage rot. Aber warum sollte sie deshalb ein schlechtes Gewissen haben? Natürlich war sie neugierig. Schließlich kam Claire nicht jeden Tag um neun Uhr abends vorbei, um Benjamin zu besuchen.
»Ja«, gab Zoey zu. »Was wollte sie denn?«
»Wie jeder sonst, wollte Claire sehen, wie es mir geht, und mir sagen, wie wenig Grund ich hätte mich so schlecht zu fühlen.«
»Und dafür hat sie den heutigen Abend gewählt?«
»Anscheinend«, antwortete Benjamin.
»Bist du sicher, dass das der einzige Grund war, weshalb sie kam?«
Zoey war immer noch verwirrt. An der Sache musste noch mehr dran sein.
»Welchen Grund sollte sie denn sonst noch haben, Zoey?«
»Ich weiß nicht«, gab sie zu.
»Ist das alles, Zo? Denn, wenn es dir nichts ausmacht . . .«
»Ich weiß. Du möchtest allein sein.«
Zoey schloss die Tür hinter sich und ging zurück in die Küche, wo sie auf und ab ging und sich fragte, was wirklich zwischen Claire und ihrem Bruder vorgefallen war. Benjamin würde sie nicht anlügen, aber die meiste Zeit wollte er sein Privatleben für sich behalten. Was konnte Claire gewollt haben?

Sie seufzte tief. Sie war so überrascht über Claires Besuch gewesen. Und sie war enttäuscht gewesen Claire statt Lucas auf der Türschwelle zu sehen. Normalerweise war es Lucas, der sie abends besuchte, aber zurzeit war nichts mehr normal, und das hatte natürlich etwas mit dem neuen Logiergast zu tun. Sie blickte hoch zu seinem Haus, um zu sehen, ob irgendwo noch Licht war. Ich gehe einfach kurz zu ihm hinüber, beschloss sie. So kann ich ihm einen Vor-Valentinskuss geben.

Zoey zog ihre Jacke an und verließ das Haus. Sie lief den Weg zum Haus der Cabrals hoch. Als sie den Lichtschein sah, der aus der Küche fiel, blieb sie stehen. Wer konnte sich zu dieser Nachtzeit denn noch bei den Cabrals in der Küche aufhalten? Sie wusste, dass sie eigentlich direkt zur Haustür gehen und klopfen sollte. Durch Fenster und Türen zu spähen hatte ihr immer nur Kummer gebracht und sie hatte sich geschworen Lucas von jetzt an zu trauen. Aber da sie ihm so vollkommen vertraute, war es ja auch nicht schlimm, mal zu kucken, oder?

Zoey spähte durch das Fenster. Lucas stand ganz nah bei Kate und fütterte sie mit einem Löffel! Es erinnerte Zoey an eine Szene aus »Susi und Strolch«.

Sofort drehte Zoey sich um und rannte zurück nach Hause. Sosehr sie sich auch einzureden versuchte, dass es eine völlig logische Erklärung für die Szene geben musste, die sie gerade gesehen hatte, konnte Zoey einen Gedanken nicht aus ihrem Kopf bekommen: War es möglich, dass Lucas auf Kate hereinfiel?

Die Valentinsgrüße (Wer was bekam)

Zoey
erhielt drei rote Nelken von Lucas. Auf der Karte stand: »Komm heute Abend zu mir nach Hause für dein richtiges Valentinsgeschenk. Ich liebe dich. Lucas.«

Aisha
erhielt eine weiße Nelke von Zoey. Sie fand die Idee ja süß, konnte aber dennoch nur wenig Trost darin finden.

Claire
erhielt keine Blumen. Als ob es darauf ankäme.

Nina
erhielt zwei rote Nelken. Bei einer lag eine Karte, auf der in Zoeys Handschrift stand: »In Liebe, Benjamin.«

Lucas
erhielt eine rote Nelke von Zoey. Auf der Karte stand: »Denk immer daran, ich liebe dich, und nicht nur, weil Valentinstag ist – Zoey.«

Jake
erhielt eine rosafarbene Blume von Louise.

Benjamin
war nicht in der Schule, also gab Nina die vier roten Nelken, die sie für ihn gekauft hatte, wieder zurück.

17

Jake saß auf dem Boden im Flur und spürte die kalten Fliesen durch seine Jeans. Er lehnte sich mit dem Kopf an die Wand und wog das Pro und Kontra, in die Cafeteria zu gehen, gegeneinander ab.

Auf der Pro-Seite stand das Essen. Selbst wenn die Makkaroni mit Käse schleimig waren, war es dennoch Essen. Und sein knurrender Magen erinnerte ihn daran, wie hungrig er war.

Auf der Contra-Seite stand die Möglichkeit Louise zu sehen. Jake wusste, dass sie um diese Zeit ebenfalls Mittagspause hatte, und seit er die rosafarbene Nelke von ihr erhalten hatte, wusste er nicht so recht, was er zu ihr sagen sollte.

Er öffnete die Karte, die mit der Blume gekommen war, und las sie noch einmal: »Lass uns unsere Freundschaft Tag für Tag leben. Happy Valentine's Day – Louise.«

Wie oft er es auch las, blieb ihm das Ganze dennoch ein Rätsel. Die Anspielung bei »Tag für Tag« auf das Motto der Anonymen war deutlich. Das »Happy Valentine's Day« war auch klar. Was er nicht verstand, war, warum Louise ihm die Nelke geschickt hatte.

Wenn Louises Absicht rein freundschaftlich war, warum hatte sie ihm dann nicht eine weiße Nelke geschickt? Aber die Blume in seiner Hand war nicht weiß, sie war definitiv rosa. Und wenn keine Verwechslung bei der Auslieferung vorlag, bedeutete das, dass Louise an Jake eine ganz andere Botschaft hatte schicken wollen. Wie die Poster überall in der Schule verkündeten, bedeutete Rosa »Vielleicht mehr?«.

Wie unwohl er sich auch fühlte, musste Jake doch zugeben, dass Rosa eine passende Farbe war. Er und Louise hatten viel Zeit miteinander verbracht, selbst wenn es in einem Zimmer voll mit Hilfe suchenden Alkoholikern gewesen war. Und es war ziemlich klar, dass sie beide sich einander auf eine Art und Weise verstanden, die Leute, die das Programm nicht mitmachten, nicht verstehen konnten. Nicht zu vergessen die lange, nicht ganz eindeutig einzuordnende Umarmung am Montag. Oder die Tatsache, dass sie heute Abend nach dem Treffen miteinander essen gingen, was letztlich als eine Valentinstags-Verabredung betrachtet werden konnte.

Andererseits musste es nicht unbedingt etwas bedeuten. Sie konnten auch nur zwei Freunde sein, die an einem Freitagabend miteinander essen gingen, weil sie nichts anderes vorhatten.

Wenn Jake nur wüsste, was es nun war.

Wenn er nur wüsste, was er wollte, dass es war.

Jake lächelte wehmütig. Wenn ihm jemand vor zwei Monaten gesagt hätte, dass er den Valentinstag mit Louise Kronenberger verbringen würde, hätte er ihn für verrückt erklärt. Es war schon komisch, wie schnell sich Dinge – und auch Leute – ändern konnten.

»Hallo Jake.« Der Klang von Zoeys Stimme holte Jake aus seinen verwirrenden Gedanken.

Wenn wir schon von Veränderungen sprechen, warst du nicht auch einmal mein große Liebe, dachte er.

»Hi, Zoey.«

»Was machst du denn hier?«, fragte sie. »Die Käsemakkaroni sind doch nicht so furchtbar, oder?«

»Ehrlich gesagt, hatte ich gerade überlegt, ob ich sie mir antun soll oder ob ich zu McDonald's gehe.« Es war zumindest teilweise die Wahrheit. »Und warum bist du hier draußen? Solltest du nicht bei deiner mittäglichen Konferenz mit den Mädchen von Chatham Island sein?« Die Tatsache, dass Zoeys Mittagspause immer nur für die Mädchen reserviert war, war früher einmal ein wunder Punkt für Jake gewesen, als er und Zoey noch miteinander gingen. Er hatte nie verstanden, was es denn zu reden gab, was die Mädchen nicht in der Gegenwart von Jungen sagen konnten? Und warum es jeden Tag sein musste.

»Muss nur mal kurz für kleine Mädchen«, erwiderte Zoey. »Sie deutete auf die Blume in seiner Hand. »Von wem ist die denn, wenn ich fragen darf?«

»Von niemand Besonderem. Nur eine Freundin«, erwiderte Jake. Es war beinahe die Wahrheit. Er hatte keine Lust mit Zoey seine neue Freundschaft oder was immer es war zu diskutieren. Zoey und Louise waren nicht gerade die besten Freundinnen.

»Ich weiß nicht, Jake«, sagte Zoey und ging den Flur entlang in Richtung Mädchentoilette. Selbst aus der Entfernung konnte er ein scherzhaftes Funkeln in ihren blauen Augen entdecken. »Bedeutet Rosa denn nicht ›Vielleicht mehr‹?«

»Mit Betonung auf ›vielleicht‹«, rief Jake zurück.

Die Begegnung mit Zoey half ihm zu einer Entscheidung zu kommen. Sie lautete McDonald's. Wenn er in die Cafeteria ging, würden nur noch mehr Fragen gestellt werden. Es schien ihm besser, abzuwarten, wie die Dinge mit Louise heute Abend liefen.

Aisha öffnete vorsichtig und mit zitternden Fingern ihr Nummernschloss. Die Ergebnisse des Physiktests in der letzten Stunde hatten ihre Valentinstag-Depression verjagt. Sie hatte 99,5 von hundert Punkten bekommen, wobei der halbe Punktabzug nur von einem vergessenen negativen Vorzeichen herrührte. Es war zwar immer noch nicht so toll, wie eine Valentinskarte von Christopher gewesen wäre, aber Aisha dachte sich, dass sie eben nehmen musste, was sie kriegen konnte.

Sie warf ihr Physikheft mit einer gewissen Befriedigung in den Schrank. Die ganze Lernerei hatte sich ausgezahlt. Aisha war zuversichtlich, dass sie auf dem besten Weg war das Stipendium zu bekommen.

Vielleicht konnte sie sich heute selbst belohnen und mit Zoey und Lucas auf die Party nach Portland fahren.

»Na, wie hast du denn im Test abgeschnitten?«

Der selbstgefällige Ton konnte nur von einem kommen. Aisha drehte sich um und sah David Barnes an dem Schrank neben ihrem lehnen. Sie hatte auf einen Barnes-freien Tag gehofft und deshalb die Klasse nach dem Unterricht so schnell wie möglich verlassen.

»Ich bin sehr zufrieden mit meinem Abschneiden, David. Danke der Nachfrage.«

»Tja, dann kann man das ja der Liste der Dinge, die wir gemeinsam haben, hinzufügen«, meinte er und rückte mit der rechten Hand seine Brille zurecht. Jede seiner Gesten drückte Selbstgefälligkeit aus. »Aber wie sollte ich auch nicht mit meiner erreichten Punktezahl zufrieden sein? Einhundert ist ziemlich gut, wenn es keine Sonderpunkte gibt.«

Natürlich war er nur vorbeigekommen, um damit anzugeben. Aisha bemühte sich einen unbeteiligten Gesichtsausdruck beizubehalten. Also hatte David tatsächlich besser abgeschnitten als sie selbst. Es war nur ein halber Punkt. Sie hatte praktisch selbst die volle Punktezahl. Praktisch.

So ein verdammter Blödmann, dachte sie. »Ja, also wenn das alles ist, David«, sagte Aisha, während sie mit deutlichem Desinteresse in ihrem Schrank herumsuchte. »Ich muss gleich zur nächsten Stunde los.« Mit anderen Worten: Verpiss dich!

»Ehrlich gesagt, gibt es noch einen anderen Grund«, sagte er langsam.

Aisha drehte sich um und wappnete sich gegen alles, was er jetzt noch anbringen konnte. Zu ihrer großen Überraschung zog David seine linke Hand hinter dem Rücken hervor. Darin hielt er eine einzige weiße Nelke

»Wofür ist die denn?«, fragte Aisha und machte sich gar nicht erst die Mühe ihre Überraschung zu verbergen.

»Nur um dir zu zeigen, dass es ein freundschaftlicher Wettbewerb ist«, sagte David und reichte ihr die Blume.
»Vielen Dank.« Konnte David tatsächlich auch nett sein?
»Und um dir zu zeigen, dass ich kein schlechter Gewinner sein werde«, fügte er hinzu und seine blauen Augen blitzten triumphierend.
Er hält sich ja für so verdammt clever, dachte Aisha wütend. Einen Moment lang war sie dumm genug gewesen zu glauben, David könnte sich wirklich wie ein menschliches Wesen benehmen. Es war ein Fehler, den sie nicht noch einmal machen würde.
Mit einer einzigen Bewegung zerdrückte sie die Blume und warf sie ihm ins Gesicht.
»Mit einem hast du Recht«, rief sie über ihre Schulter, während sie bereits den Flur entlangstapfte. »Du wirst kein schlechter Gewinner sein. Du wirst nämlich überhaupt kein Gewinner sein.«
Aisha wusste, dass sie jetzt unmöglich zu der Party konnte. Sie durfte sich noch nicht belohnen. Zuerst musste sie lernen. Sie musste sichergehen, dass sie nicht noch mehr Leichtsinnsfehler machte. Das nächste Mal würde sie diejenige mit der vollen Punktezahl sein.

Jake

Um ehrlich zu sein, ich habe keine Ahnung, was Liebe ist, außer vielleicht der Liebe, die man seiner Familie gegenüber empfindet, was wahrscheinlich nicht das ist, wonach du fragst. Ich denke, bei mir dreht es sich eher um Lust. Nehmen wir zum Beispiel Claire. Ich dachte damals, ich wäre in sie verliebt, aber heute weiß ich, dass es in unserer Beziehung nur darum ging, dass sie wer weiß was wollte und ich sie für das bestaussehende Mädchen hielt, das ich jemals gesehen hatte. Dann war da die Homecoming-Nacht mit Louise, wo Lust mit Alkohol und Kokain gemischt war. Und schließlich war da Lara. Teilweise hat sie mir Leid getan und ich wollte ihr helfen, aber wenn ich nicht immer so betrunken gewesen wäre, hätte es wahrscheinlich nicht so lange gedauert, bis ich herausgefunden hätte, dass sie nicht die Richtige für mich war.

Der einzige Mensch, von dem ich sagen würde, dass ich ihn geliebt habe, war Zoey. Ich war sogar ziemlich sicher, dass wir uns liebten. Andererseits kann es bei ihr ja wohl kein Liebe gewesen sein, wenn sie sich so schnell in Lucas verlieben konnte.

Also, wie ich schon sagte, beim Thema Liebe bin ich ziemlich ahnungslos.

18

Die Sonne ging bereits unter, als Jake seine zweite Runde um die Insel drehte. Er wollte überschüssige Energie abbauen, indem er joggte, aber aus dem Stand der Sonne schloss er jetzt, dass er sich langsam beeilen sollte. Das Treffen begann um sieben, aber er musste ja noch duschen, sich umziehen und zur Fähre gehen. Da er keine Lust hatte Extrageld für das Wassertaxi auszugeben, beschleunigte er seine Schritte.

Endlich war er zu Hause angekommen und öffnete die Glasschiebetür, die direkt in sein Zimmer führte. Die Kombination von kalter Winterluft und Schweiß hatte seine Kleidung unangenehm feucht gemacht. Er zog sich aus, schlang sich ein Handtuch um die Taille und eilte in die Dusche.

Während er sich abseifte, überlegte er, was er anziehen sollte. Sollte er sich ganz zwanglos geben, als ob er nur zu einem Treffen ginge und nicht danach noch essen? Oder sollte er sich anziehen, als ob er ein richtiges Date hätte?

Das wird mir viel zu kompliziert, dachte er, während er sich abbrauste und das Wasser abstellte.

Jake hatte es geschafft, Louise während des ganzen Schultages aus dem Weg zu gehen, was er für recht gut hielt. Immerhin verspürte er ein schlechtes Gewissen, weil er ihr keine Blume gekauft hatte. Was immer zwischen ihnen passieren sollte, es wäre ein netter Zug gewesen.

Der wahre Grund, weshalb er Louise aus dem Weg gegangen war, war der, dass er überhaupt keine Ahnung hatte, wie die Dinge denn nun zwischen ihnen standen. Es wäre zu schwierig gewesen, das im Flur zwischen den Unterrichtsstunden aus ihr herauszubekom-

men. Es gab niemanden, außer vielleicht Claire, der an diesem Tag nicht völlig durchgedreht durch die Schule lief.
Was immer zwischen Louise und ihm passieren sollte, es musste diese Nacht geklärt werden, so oder so.
Jake öffnete seinen Schrank und holte ein Paar Jeans und seinen dunkelblauen Rollkragenpulli heraus. Das war seiner Meinung nach ein Outfit für jede Gelegenheit.
Vielleicht sollte ich einfach alles in der Schwebe lassen, dachte Jake, während er die Schranktür schloss und die Kleidungsstücke auf sein Bett warf. Dann stutzte er. Er hatte aus den Augenwinkeln etwas gesehen, als er die Kleidung aufs Bett geworfen hatte. Etwas, das auf dem ansonsten ordentlich gemachten Bett lag. Es war jetzt vom Sweater verdeckt.
Jake hob den Pulli von seinem Bett und entdeckte eine Pralinenschachtel in Herzform, so wie diejenigen, die er früher immer Zoey geschenkt hatte. Nur dass diese hier statt in Rot oder Rosa, wie diese Dinger meistens waren, in düsterem Schwarz bemalt war.
Jake öffnete die Schachtel. Die Pralinen darin waren bereits halb aufgegessen oder zerquetscht. Es war absolut ekelhaft. Oben auf den Pralinen lag eine Karte, auf der stand: »Ob es dir gefällt oder nicht – ich denk zum Valentinstag immer noch an dich! Lara.«
Unwillkürlich lief ein Schaudern durch Jakes Körper, und das kam nicht daher, dass er immer noch sein nasses Handtuch um sich geschlungen hatte. Er hatte das Gefühl, in einem Film zu sein – »Eine verhängnisvolle Affäre« mit Lara in der Rolle von Glenn Close. Aber so verrückt war Lara doch nicht, oder?
Jake hatte das unangenehme Gefühl, dass er das bald herausfinden würde.

»Dies ist das Beste, das ich jemals gegessen habe«, schwärmte Zoey, während sie noch eine Gabel zum Mund führte. »Wann hast du denn so gut kochen gelernt, Lucas?«

»Gestern Abend«, antwortete Lucas, während er sich mit der Serviette die Mundwinkel abwischte. »Bist du sicher, dass an der Soße nicht zu viel Basilikum ist?«
»Alles ist absolut perfekt«, erklärte sie und griff über den mit Kerzenlicht erleuchteten Tisch, um seine Hand zu halten. »Das hier ist das beste Valentinsgeschenk, das ich jemals erhalten habe.«
»Na ja, ich muss zugeben, dass mir Kate etwas geholfen hat.«
Also das war es, was sie gestern Abend gesehen hatte. Zoey versuchte einen Anflug von Gereiztheit abzuschütteln, als sie daran dachte, dass Kate bei dem Essen geholfen hatte. Schließlich hatte Lucas dieses romantische Abendessen für niemanden anders als für Zoey geplant.
»Habe ich dir in letzter Zeit eigentlich schon gesagt, wie froh ich bin dich als Freund zu haben?«, fragte Zoey.
»Nicht in den letzten zehn Minuten«, antwortete Lucas mit einem gespielt einfältigen Grinsen.
»Ich liebe dich«, sagte sie und gab ihm einen Kuss auf die Handfläche. »Vielen Dank für dieses wunderbare Essen.«
»So gerne ich ja hier bleiben und mir die restliche Nacht deine Dankesbezeugungen anhören würde, sollten wir jetzt aber lieber in die Gänge kommen, wenn wir noch die Fähre um acht Uhr bekommen wollen«, sagte Lucas und stand auf, um die Teller abzuräumen.
Inklusive der Fahrt mit der Fähre und der Zeit, die sie brauchten, um zur Garage in Weymouth zu gelangen, wo der Kleinbus der Passmores geparkt war, und der ungefähr eine Stunde dauernden Fahrt nach Portland, hatten Zoey und Lucas ihre Abfahrt so kalkuliert, dass sie gegen zehn bei der Party ankommen mussten, also gerade dann, wenn sie in vollem Gang war.
Zoey stand ebenfalls auf. »Ich denke, ich rufe noch ein letztes Mal bei Benjamin an. Vielleicht hat er durch irgendein Wunder doch seine Meinung geändert und kommt mit.«

»Wenn du meinst«, sagte Lucas und zuckte mit den Schultern. »Währenddessen gehe ich rasch nach oben und ziehe meinen neuen Pulli an.«
Zoey lächelte, während sie zum Telefon in der Küche ging. Zoey freute sich, dass Lucas ihr Geschenk genug mochte, um es sofort anzuziehen. Wenn man nur Benjamin ein wenig aufmuntern könnte, dann wäre es der perfekte Valentinstag.
»Hi, Benjamin«, sagte Zoey, als sie die Stimme ihres Bruders am anderen Ende hörte. Er war ans Telefon gegangen, was Zoey als gutes Zeichen nahm.
»Solltest du nicht bereits auf dem Weg nach Portland sein?«, fragte er.
»Ja«, antwortete sie, »wir wollen gerade los zur Fähre. Ich wollte nur noch mal fragen, ob du deine Meinung nicht doch geändert hast und mitkommen willst. Es wird bestimmt ganz lustig.«
Sie konnte Benjamin am Telefon seufzen hören. »Ich glaube kaum, Zo. Aber vielen Dank für die Einladung.«
»Schon okay«, sagte sie und versuchte nicht enttäuscht zu klingen. »Also, dir und Nina dann auch viel Spaß.«
»In Ordnung«, sagte er. »Bye.«
»Kein Glück?«, fragte Lucas. Er trug den grünen Gap-Sweater, der seine Augen sogar noch besser zur Geltung brachte, als sie gehofft hatte.
»Nein«, erwiderte sie. »Aber zumindest ist er selbst ans Telefon gegangen.«
»Das ist ein gutes Zeichen«, sagte Lucas.
»Ich denke auch«, stimmte Zoey ihm zu. Sie blickte auf die Uhr und fügte hinzu: »Wir sollten lieber los.«
»Weißt du«, sagte Lucas und legte seinen Arm um sie. »Ich würde am liebsten diese ganze Party sausen lassen und dir den Rest des Valentinstages zeigen, wie sehr ich dich liebe.«
Zoey schmiegte sich in seine Arme. »Warum machen wir es dann

nicht einfach? Wir werden auf dieser Party sowieso niemanden außer Claire kennen.« Zoey erwähnte Aaron absichtlich nicht. Warum das Risiko eingehen, Lucas' Stimmung einen Dämpfer zu versetzen?

»Das geht nicht«, sagte Lucas und löste sich mit einem leichten Kuss auf ihre Wange aus der Umarmung. »Ich habe Kate versprochen, dass wir sie mit zurücknehmen.«

Zoey schnappte nach Luft. »Kate kommt auch? Warum denn?«

»Ich hab sie eingeladen«, erklärte Lucas einfach.

»Und ich bin sicher, sie war begeistert sich in unseren Valentinstag zu drängeln«, sagte Zoey scharf.

»Was meinst du damit, ›sich in unseren Valentinstag zu drängeln‹? Es ist ja nicht so, als hätte sie uns beim Essen gestört.« Lucas runzelte die Stirn. »Wir treffen sie auf einer großen Party. Es gibt eine Unmenge von Leuten dort. Warum sollte Kate nicht eine davon sein?«

»Wie auch immer.« Zoey kochte, als sie in ihre Jacke schlüpfte. Sie konnte nicht glauben, dass Lucas so naiv war. Sah er denn wirklich nicht, dass Kate hinter ihm her war?

19

Benjamin legte den Hörer auf, drehte die Lautstärke seiner Stereoanlage wieder höher und setzte sich auf sein Bett. Er wusste, dass Zoey nur versuchte zu helfen, indem sie ihn noch einmal anrief, aber er hatte das Mitleid in ihrer Stimme gehört. Es schien zu sagen: Armer Benjamin. Er kann nicht einmal mehr mit auf eine Party kommen und sich amüsieren. Das Schlimmste war, es stimmte.

Und warum sollte Zoey ihn auch nicht bemitleiden? Mehr und mehr wurde klar, dass sein Leben ein Witz war. Jahrelang hatte er hart daran gearbeitet, sich und alle anderen davon zu überzeugen, dass es keine Rolle spielte, ob er sehen konnte oder nicht. Alle diese Anstrengungen hatten nur dem Zweck gedient zu beweisen, dass alles in Ordnung war. Er war blind – und wennschon? Darauf kam es eigentlich nicht an.

Benjamin lachte laut auf bei dem Gedanken an seine eigene Naivität. Natürlich spielte es eine Rolle, dass er blind war! Wie auch nicht? Blind zu sein bedeutete, dass der Verlauf seines ganzen Lebens von Dingen bestimmt wurde, die er nicht tun konnte.

Er konnte sich nicht seine eigene Kleidung aussuchen. Er konnte nicht Zeitung lesen. Er konnte nirgendwo hingehen, wo er sich nicht auskannte, ohne dass jemand anders ihn führte. Benjamin würde für immer in der Kindheit gefangen sein – in einem Zustand völliger Abhängigkeit. Das zu verleugnen wäre eine Lüge.

Die Ironie war, dass alle von ihm erwarteten, dass er wieder zu dieser Farce zurückkehrte, dass er seine Rolle des blinden Superjungen wieder aufnahm.

Nach Claires Besuch hatte Benjamin sich eingestanden, dass sie

Recht damit hatte, dass er in seiner Depression alle um ihn herum verletzte, besonders Nina. Und Nina war der letzte Mensch, den Benjamin verletzen wollte.

Den ganzen Tag hatte er versucht sich um ihretwillen wieder zusammenzunehmen. Er hatte den Tag damit verbracht, sein Zimmer aufzuräumen, denn er hatte es für den ersten Schritt gehalten, um sein altes Leben wieder aufzunehmen. Aber jetzt, da er hier allein in seiner Welt der Dunkelheit saß, wusste Benjamin, dass es niemals wieder wie früher werden würde. Er hatte den Willen verloren den anderen etwas vorzuspielen.

Benjamin wurde von Ella Fitzgeralds Stimme aus seinen Gedanken gerissen: »Sophisticate – sophisticate – sophisticate . . .« Die CD hatte offensichtlich einen Kratzer.

Es war ein Ärgernis von relativer Unwichtigkeit, verglichen mit den Dingen, die ihn beschäftigten, und doch rührte es etwas in ihm auf. Ein Gefühl, das er über einen Monat lang versucht hatte zu unterdrücken. Ein Gefühl, das so stark war, dass er Angst gehabt hatte es an die Oberfläche dringen zu lassen. Es war unbändige Wut.

Benjamin erhob sich von seinem Bett.

»Sophisticate – sophisticate – sophisticate – sophis –«

»Hör auf!« Er schrie so laut, dass der Klang seiner eigenen Stimme in seinen Ohren hallte.

Benjamin griff nach dem Schreibtischstuhl und schlug mit aller Kraft auf die Stereoanlage ein. Nach einigen Hieben schwieg Ella, aber der Sturm in ihm war gerade erst entfacht.

Benjamin wirbelte in seinem Zimmer herum und dachte an die Dunkelheit, die ihn immer umgab, und die Hilflosigkeit und schlug mit dem Stuhl wild um sich. Er schlug nach den Ärzten, die ihn im Stich gelassen hatten, der Welt, die ihn bemitleidete, und den Menschen, die von ihm verlangten, dass er seine Blindheit einfach hinnahm. Und während er seine Besitztümer in Trümmer schlug, dachte er an seine Eltern, an Zoey, an Claire – und an Nina. Benjamin wusste, dass er sie alle enttäuschte. Und mit neuer Wut schleuderte er den Stuhl, so fest er konnte, gegen die Wand.

»Sieht so aus, als ob jemand keine Verabredung zum Valentinstag hätte.«
Aisha war versucht die Bemerkung zu ignorieren und einfach weiterzulernen, doch dann entschied sie, dass dies eine viel zu unreife Art und Weise wäre mit David umzugehen. Außerdem würde ihm das wahrscheinlich nur gefallen. Und das Letzte, was sie wollte, war, ihm auch nur den geringsten Anlass zur Freude zu geben.
»Ich sehe hier auch keine Herzallerliebste auf dich warten«, erwiderte Aisha und blickte sich in der fast leeren Bibliothek um.
»Tja, das ist etwas anderes«, sagte David und setzte sich neben sie. »Ich bin ein Junge.«
Aisha verzog das Gesicht. »Ich möchte diesen Punkt ja nicht unbedingt mit dir diskutieren, aber würde es dir etwas ausmachen, mir zu erklären, warum es für mich schlimmer sein sollte, am Valentinstag zu lernen, als für dich?«
»Also, erstens ist der Valentinstag ein rührseliger Feiertag und Jungen sind nicht rührselig. Er wurde praktisch für die Frauen erfunden.«
»Ach ja?« Aishas Ton machte deutlich, dass sie ihm seine Erklärung nicht abkaufte.
»Ja, natürlich. Ich meine, sieh dir doch nur die üblichen Geschenke an: Süßigkeiten und Blumen. Jungen wollen solches Zeug nicht.«
»Was immer dir den Abend erträglicher macht, David.« Aisha drehte sich zurück zu ihren Büchern.
»Außerdem«, fuhr David fort, »habe ich als Junge noch viele Jahre, um meine Seelenfreundin zu finden. Als Frau allerdings hat man nur eine begrenzte Zeitspanne: Die Zeit, in der man noch gut

aussieht. Es ist eine Tatsache, dass Männer mit dem Alter besser aussehen und Frauen einfach alt werden.«

Ohne von ihrem Block aufzusehen, antwortete Aisha mit einem Schnauben. Sie wusste, dass Claire Recht hatte und David nur versuchte sie zu ärgern. Aber sie konnte diesen Kerl einfach nicht ausstehen. Und er nervte nicht nur, er war auch noch ein Sexist von der übelsten Sorte.

»Weißt du, David«, sagte Aisha und sah ihm in die Augen, »mir ist gerade etwas klar geworden. Die ganze Zeit dachte ich, du hättest einfach nur Angst gegen mich zu verlieren. Jetzt merke ich, dass es der Gedanke ist, gegen eine Frau zu verlieren, den du einfach nicht ertragen kannst. Vielleicht solltest du damit aufhören, Naturwissenschaften zu lernen, und stattdessen daran arbeiten, dein zerbrechliches männliches Ego aufzubauen.«

Aisha war erfreut zu sehen, dass Davids blaue Augen ein wenig schmaler wurden. Sie hatte es ihm gegeben!

Geschieht ihm recht, wenn er so ein Idiot ist, dachte sie, als er von seinem Stuhl aufstand.

»Weißt du, was komisch daran ist, Aisha?«, antwortete David, während er zurück zu seinem Platz ging. »Dass du glaubst, mir sei der Gedanke, du könntest mich schlagen, überhaupt je in den Sinn gekommen. Das wird niemals passieren und du weißt es genauso gut wie ich.«

»Wir werden ja sehen«, rief Aisha zurück.

Sie wusste, dass er bluffte. Natürlich hatte er Angst, dass sie ihn bei der Entscheidung um das Westinghouse-Stipendium schlagen würde; warum sollte er sich sonst die Mühe machen sie zu nerven, wenn er nicht glaubte, dass sie tatsächlich gewinnen konnte? Aisha drehte sich zurück zu ihren Aufzeichnungen. Sie war mehr denn je entschlossen zu gewinnen.

20

Nina seufzte, als sie das Päckchen betrachtete, das Benjamins Geschenk enthielt. Sie hatte die vergangenen zwanzig Minuten damit verbracht, die zwei CDs einzupacken, die sie gekauft hatte. Unglücklicherweise hatte es nicht unbedingt funktioniert. Die Ecken waren völlig ungleich, und da sie nirgendwo im Haus Tesafilm finden konnte, wurde das Ganze von großen Stücken gelblichen Kreppbandes zusammengehalten.
Tja, Benjamin wird den Unterschied wohl gar nicht merken, dachte Nina seufzend. Sie nahm das Päckchen und machte sich auf den Weg zu Benjamin.
Als sie die Lighthouse Road entlangging, überkreuzte Nina plötzlich abergläubisch ihre Finger. Sie wusste, es war Benjamin egal, dass heute Valentinstag war, aber sie hoffte, dass er zumindest in einer seiner besseren Stimmungen war. Vielleicht würde ihr Geschenk ihn aufheitern.
Als sie nach rechts in die Camden bog, wäre sie fast mit Zoey und Lucas zusammengestoßen.
»Hallo Nina«, grüßte Lucas.
»Solltet ihr nicht inzwischen schon auf halbem Weg nach Portland sein?«, fragte sie.
»Wir sind auf dem Weg«, sagte Zoey. »Benjamin ist zu Hause.«
»Wo sonst?« Nina unternahm keine Anstrengung ihre Enttäuschung zu verbergen. »Übrigens, Zoey, vielen Dank für die Blume.«
»Welche Blume?«, fragte Zoey, ein bisschen zu schnell. »Ach so, ja, Benjamin hat mich gebeten sie zu kaufen.«
Nina sah sie strafend an. »Du brauchst nicht zu schwindeln. Ich weiß, dass Benjamin bis gestern nicht den geringsten Gedanken

an den Valentinstag verschwendet hat und auch nicht wusste, dass die Schülervertretung uns alle mit ihrem Nelkenverkauf quält.« Nina wurde nachsichtiger, als sie sah, wie Zoey schuldbewusst errötete.
»Es war sehr lieb von dir und ich weiß es zu schätzen.«
»Na ja, ich weiß, dass Benjamin dir eine gekauft hätte, wenn er nicht so . . .« Zoey sprach nicht weiter.
»Ja«, antwortete Nina. Sie wusste, was Zoey sagen wollte: wenn Benjamin nicht gerade so schlecht drauf wäre.
»Ich habe eben mit ihm telefoniert und er hörte sich an, als sei er ganz gut gelaunt«, sagte Zoey aufmunternd.
»Tja«, sagte Nina mit einem Seufzer, »hoffen wir, dass es anhält.«

Das Erste, was Nina bemerkte, als sie das Haus der Passmores betrat, war das klirrende Geräusch von zerbrechendem Glas. Sie eilte in die Küche und hoffte, dass Benjamin sich nicht an den Scherben geschnitten hatte. Aber die Küche war leer und das entsetzliche Geräusch hielt an.
Als Nina zu Benjamins Zimmer rannte, wurde das Geräusch immer lauter. Benjamin hatte zwar einige echt abgefahrene Musikstücke, aber dies hier kam nicht aus der Anlage. Nina klopfte an Benjamins Tür und stieß sie sofort auf.
Das ganze Zimmer war verwüstet. Papiere lagen überall verstreut, dazwischen zerbrochene CDs und halb zerrissene Bücher. Der Computermonitor lag umgestürzt auf dem Boden, schien aber glücklicherweise noch intakt. Von der Stereoanlage konnte man das nicht sagen.
In der Mitte dieses Trümmerfelds stand Benjamin. Der Stuhl, den er hoch über seinen Kopf hielt, hatte zwei kaputte Beine und die Ray Bans, die er sonst immer trug, lagen zerbrochen auf dem Boden vor ihm. Er drehte den Kopf und blickte mit seinen blinden Augen in Ninas Richtung.
»Benjamin!«, rief sie aus.

»Geh weg, Nina«, schrie er. »Geh weg!«
»Ich werde nicht gehen, Benjamin. Nicht, bevor du mir sagst, was du hier machst.«
»Wonach sieht es denn aus, Nina? Ich reagiere mich ab!«
»Das ist die Untertreibung des Jahres«, sagte sie.
»Geh einfach nur, Nina!«
Nina hatte sofort ein schlechtes Gewissen wegen ihrer sarkastischen Bemerkung. Dies war offensichtlich nicht eine Situation, die durch eine witzige Bemerkung bewältigt werden konnte.
»Benjamin«, sagte sie und stieg über die Trümmer, um seine Hand zu nehmen, »sag mir, was los ist. Wie kann ich dir denn helfen?«
Benjamin ließ den Stuhl fallen und begann zu zittern. Er schluchzte laut auf, und weil er die Sonnenbrille nicht aufhatte, konnte Nina die Tränen aus seinen Augen strömen sehen. Es zerriss ihr das Herz, ihn so leiden zu sehen.
Nina konnte nicht anders, als ebenfalls zu weinen, während sie zu ihm ging, um ihn zu umarmen. Sie standen in der Mitte von Benjamins zerstörtem Zimmer und schluchzten beide unkontrollierbar. Dennoch verspürte Nina so etwas wie Hoffnung. Benjamin öffnete sich endlich in seinem Schmerz – und er erlaubte ihr daran teilzuhaben. Dies könnte der Wendepunkt sein, nicht nur für Benjamin, sondern auch für unsere Beziehung, dachte sie.
Plötzlich machte sich Benjamin von ihr los. »Nina . . .«
»Benjamin«, sagte sie, »du brauchst dich vor mir nicht zu schämen. Ich liebe dich. Ich will für dich da sein.«
»Nina . . . bitte . . . geh . . . einfach!«
»Ich gehe nirgendwohin, Benjamin. Wir gehören doch zusammen. Wir stehen das auch zusammen durch.«
»Ich kann das nicht mehr, Nina«, sagte er. »Ich kann dich nicht mit mir nach unten ziehen.«
Da lag etwas anderes in seinem Ton. Etwas Entschlossenes. Er klang erschreckend ruhig.

»Was willst du damit sagen, Benjamin?«, fragte sie, unsicher, ob sie die Antwort wirklich hören wollte.

»Ich sage, dass es vorbei ist.«

Die Bedeutung seiner Worte traf Nina wie ein Schlag in den Magen. Sie blickte in seine kalten, toten Augen. Sie waren gerötet vom Weinen, aber ansonsten zeigten sie keinerlei Gefühl.

»Du meinst doch nicht, dass . . .«

»Ich meine es ernst, Nina. Es ist vorbei zwischen uns.«

21

»Ob Kate wohl schon dort ist?«, fragte Lucas, während er aus dem Fenster sah.

»Keine Ahnung«, antwortete Zoey und konzentrierte sich noch mehr auf die Straße vor sich. Sie wollte nicht, dass Lucas den genervten Ausdruck auf ihrem Gesicht bemerkte. Warum in aller Welt hatte er denn Kate überhaupt eingeladen? Und wenn sie auf andere Weise zur Party gekommen war, warum brauchte Kate dann sie, um nach Hause zu kommen?

»Also gut, Zoey«, sagte Lucas und sah sie an. »Was hast du gegen Kate? Was stört dich an ihr?«

Nur die Tatsache, dass sie es offensichtlich auf dich abgesehen hat und du zu naiv bist, um es zu merken, dachte Zoey. »Wie kommst du denn darauf?«

»Sie hat gestern Abend etwas gesagt, na ja, da habe ich eben überlegt.«

»Was hat sie denn gesagt?«

»Kate glaubt, du magst sie nicht«, erwiderte Lucas.

Zoey schnaubte. »Wie kommt sie denn auf die Idee?«

Aus den Augenwinkeln konnte Zoey sehen, dass Lucas sie fragend ansah.

»Ich bin mir nicht sicher, aber ich denke langsam, sie meinte etwas Bestimmtes.«

»Ich bin überrascht, dass du ihr nicht einfach zugestimmt hast. Schließlich ist sie doch immer so gescheit."

»Was soll das denn nun heißen?« Lucas war aufgebracht. »Und was hat Kate dir denn eigentlich getan?«

Wenn Lucas nicht begriff, was los war, musste Zoey es ihm einfach sagen. Es wurde Zeit, dass er erfuhr, dass sein Hausgast mehr wollte als reine Gastfreundschaft.

»Nichts . . . noch nicht«, erwiderte Zoey, »aber glaube mir, sie würde sehr gerne etwas tun. Kate sieht dich nur dann als Bruder, wenn Inzest etwas ist, das sie anmacht.«

»Was?« Lucas' Ton klang mehr wütend als verblüfft. »Wie kommst du denn darauf?«

»Nenn es einfach weiblichen Instinkt«, sagte Zoey. »Glaub mir, ich merke das.«

»Ach ja«, sagte er, »genau wie du es bei Aaron Mendel bemerkt hast?«

Zoey wandte den Blick kurz von der Straße, um Lucas einen bösen Blick zuzuwerfen. »Nein, es ist mehr so wie damals, als ich es merkte, dass du mit Claire rumgemacht hast«, erwiderte Zoey bissig.

»Na toll, Zoey«, sagte Lucas und wurde lauter. »Jetzt kommst du wieder mit den alten Kamellen an. Soll ich denn den Rest meines Lebens für einen einzigen blöden Fehler bezahlen?«

»Ja«, erwiderte sie hitzig. »Genauso wie du mich für meinen Fehler mit Aaron bezahlen lässt!«

»Wie ich dich bezahlen lasse? Ich habe dich zurückgenommen und nicht einmal eine Entschuldigung von dir verlangt, während du mir bei jeder noch so geringen Gelegenheit Claire unter die Nase reibst!«

»Klar«, Zoeys Stimme war eine Mischung aus Sarkasmus und Wut – »du hast mich zurückgenommen, wie du es nennst. Aber du benimmst dich total abweisend!«

»Total abweisend? Wer hat denn die letzten zwei Abende damit verbracht, ein Essen für dich vorzubereiten!«

»Das warst du – mit Kate!«

»Ich wünschte, du könntest dich selbst hören und merken, wie lächerlich du klingst.«

»Lächerlich? Wenn das so lächerlich ist, warum bist du denn dann abends nicht mehr zu mir gekommen? Wenn ich so lächerlich bin, warum willst du denn nie mehr mit mir Sex haben?«

»Was?« Lucas schrie jetzt beinahe. »Überleg doch mal, was du willst, Zoey! Seit Monaten behandelst du mich, als sei ich ein kranker Perversling, weil ich mit dir schlafen will. Dann entschließe ich mich alles so zu machen, wie du willst, und hör auf, dich – wie du immer sagst – unter Druck zu setzen, und du bist immer noch nicht zufrieden! Was willst du denn eigentlich von mir, Zoey? Das würde ich wirklich gerne wissen!«

»Für den Anfang reicht es völlig, wenn du aufhörst Kate dauernd anzuhimmeln!«

»Ich glaube es einfach nicht, Zoey«, sagte Lucas mit einem angewiderten Seufzer.

Eisiges Schweigen breitete sich im Bus aus.

Happy Valentine's Day, dachte Zoey.

Nachdem Claire sich im Hotelzimmer kurz umgesehen und ihre Reisetasche ausgepackt hatte, setzte sie sich auf das Ende des Doppelbettes. Sie griff nach ihrer Tasche und holte das Einzige heraus, das sich noch darin befand: ihr Tagebuch. Sie hatte gerade noch genug Zeit einen kurzen Eintrag zu schreiben, bevor sie sich zur Party auf den Weg machte – und zur Nacht mit Aaron, die vor ihr lag.

Claire

14. Februar 21.45 Uhr

Ich sitze auf dem Bett in Zimmer 928 des Ritz Carlton in Portland. Ich kann kaum glauben, dass ich mich in wenigen Stunden wieder auf diesem Bett befinden und meine Unschuld an Aaron verlieren werde. Immer wenn ich daran denke, kribbelt es in meinem Bauch. Wer hätte gedacht, dass ich, Claire Geiger, jemals so aufgeregt sein könnte? Aber das ist der Effekt, den Aaron auf mich ausübt. Er macht mich so aufgeregt und so glücklich. Deshalb bin ich sicher, dass er als mein Erster der Richtige ist.

Ich werde ihn das jedoch nicht wissen lassen. Natürlich wird er ziemlich schnell erraten, was ich für diese Nacht geplant habe, wenn er es nicht bereits erraten hat. Aber er weiß nicht, dass es mein erstes Mal sein wird. Und ich habe beschlossen es ihm nicht zu sagen, zumindest nicht, bevor es passiert.

Warum? Ehrlich gesagt aus verschiedenen Gründen. Erstens will ich nicht, dass er zu sehr das Gefühl bekommt, er hätte alles unter Kontrolle. Ich weiß, er hatte vorher schon Sex, und ich habe das deutliche Gefühl, als ob Aaron die Tatsache, dass ich noch keine Erfahrung habe, als eine Art Schwäche oder Verletzlichkeit meinerseits ansehen würde. Aus diesem Grund will ich *sichergehen, dass ich das Spiel in der Hand behalte. Ich werde allerdings nicht lügen und ich habe vor es ihm zu erzählen, wenn wir es gemacht haben. Außerdem finde ich so heraus, ob er gemerkt hat, dass es mein erstes Mal ist. Es wird das Ereignis noch viel erinnerungswürdiger machen.*

Claire blickte auf die Uhr auf dem Nachtkästchen. Sie musste jetzt gehen. Claire klappte ihr Tagebuch zu und legte es zusammen mit der Tasche in den Schrank. Als sie die verspiegelte Tür schloss, warf sie einen letzten Blick auf Claire Geiger, die Jungfrau und winkte ihr ein letztes Mal zu.

22

»Entschuldigung«, rief Zoey, während sie sich die Treppe hinaufkämpfte.

Wer immer diese Party abhielt, kannte jedenfalls eine Menge Leute, aber dennoch konnte keiner von ihnen Zoey sagen, wo sich das Badezimmer befand. Obwohl sie es ursprünglich nur als Entschuldigung benutzt hatte, um Lucas schnell verlassen zu können, sobald sie angekommen waren, hatte Zoey inzwischen wirklich das dringende Bedürfnis das Bad aufzusuchen.

Als Zoey sich schließlich in den ersten Stock durchgekämpft hatte, blickte sie über das Treppengeländer nach unten. Lucas war nirgendwo zu sehen.

Er wird nach seiner Lieblingsfreundin Kate suchen, dachte sie.

»Das Badezimmer ist in diese Richtung«, rief das Mädchen auf der Treppe, das Zoey zuvor gefragt hatte.

»Danke!« Zoey musste schreien, um über die Musik hinweg gehört zu werden. Die Red Hot Chili Peppers ließen sie an Nina denken. Hoffentlich entwickelte ihr Abend mit Benjamin sich besser als Zoeys Abend mit Lucas.

Zoey bahnte sich ihren Weg zur Schlange vor dem Badezimmer. Während sie wartete, dachte sie über den Streit mit Lucas nach. Würde ihre Beziehung in Zukunft so verlaufen? Ein ständiger Wechsel des einander Betrügens? Was hatte es für einen Sinn, eine Beziehung zu haben, wenn das Vertrauen fehlte?

Zoey tippte ungeduldig mit dem Fuß. Die Schlange war viel zu lang. Ein so großes Haus hatte doch sicher mehr als eine Toilette. Es musste noch irgendwo ein anderes Badezimmer geben und Zoey ging los, um es zu suchen.

»Entschuldigung«, murmelte sie und schob sich durch eine Gruppe von Leuten. Zur Rechten stand eine Tür halb offen.
Vielleicht ein Schlafzimmer mit angrenzendem Badezimmer, überlegte Zoey, als sie durch die Tür trat.
Sofort machte sie vor Schreck wieder einen Schritt zurück. Keine paar Meter von ihr entfernt stand Kate Levin und küsste . . . Aaron Mendel?

Claire war sich der Blicke, die sie auf sich zog, als sie zur Party kam, vollauf bewusst. Wenn sie es nicht bereits gewusst hätte, dass sie in ihrem engen roten T-Shirt und dem schwarzen Minirock gut aussah, hätten es ihr die bewundernden Blicke jedes Jungen im Haus deutlich gemacht.
Claire lächelte. Das bestaussehende Mädchen der Party zu sein hatte seine Vorteile, aber heute hatte sie nicht die Absicht etwas daraus zu machen. Sie hatte einen größeren Fisch an der Angel.
Claire ließ ihren Blick durch das Wohnzimmer schweifen auf der Suche nach Aaron, konnte ihn jedoch nicht finden. Sie drehte sich um und wäre beinahe mit Lucas zusammengestoßen, der ein Glas Bowle in der Hand hielt.
»Ups!«, rief sie aus und sie fingen beide an zu lachen. »Du solltest dich nicht so an Leute heranschleichen, Cabral.« Sie musste schreien, um die Musik zu übertönen.
»Und du solltest nicht so plötzliche Bewegungen auf überfüllten Partys machen«, schrie er zurück.
»Wenn du auf der Suche nach Zoey bist«, sagte sie und beugte sich vor, damit sie nicht so zu schreien brauchte, »ich habe sie da drin nicht gesehen.«
»Ich weiß«, erwiderte er. »Sie ist nach oben gegangen, um das Badezimmer zu suchen.«
Claire nickte. Zoey gehörte zu den Mädchen, die immer sofort ins Badezimmer gingen. Bei ihr war alles so vorhersehbar.

»Du siehst toll aus, Claire«, sagte Lucas und betrachtete sie bewundernd. »Zu schade, dass du all das auf so einen Blödmann wie Aaron Mendel verschwendest.«

Claire erwartete nicht, dass Lucas ihre Gefühle für Aaron verstand. Schließlich hatte Lucas es Claire zu verdanken, dass er Zoey dabei erwischt hatte, wie sie mit Aaron rumknutschte. »Hör auf zu schmollen, Lucas«, sagte sie in sein Ohr. »Du hattest deine Chance bereits.«

Als sie sich wieder zurückbeugte, sah sie, dass Lucas grinste. Er mag etwas einfach gestrickt sein, dachte Claire, aber ich muss zugeben, dass er eine schlagfertige Antwort immer zu schätzen weiß. Sie verabschiedete sich von ihm mit einem Winken und ging weiter.

Es hatte eine Zeit gegeben, als Lucas ihr recht wichtig gewesen war. Er war ihr erster Freund, vielleicht sogar ihre erste Liebe. Und er hatte zwei Jahre in der Jugendstrafanstalt verbracht, weil er die Schuld an etwas auf sich genommen hatte, was sie begangen hatte. Das war eigentlich ziemlich romantisch, wenn man darüber nachdachte. Claire hatte sogar das Gefühl, dass sie Lucas Zoey wegnehmen könnte, wenn sie wollte. Aber das wollte sie nicht. Wie könnte sie, wenn sie Aaron hatte? Anders als Lucas war er ihr in jeder Hinsicht ebenbürtig.

Aber wo war er?

»Hast du Aaron Mendel gesehen?«, fragte Claire einen Typen in einem karierten Flanellhemd, der ihr unverhohlen auf den Busen geschaut hatte.

»Wen?«, fragte der Typ und drückte sich gegen sie, wie um sie besser hören zu können.

Was für ein lahmer Versuch, ein bisschen was abzubekommen, dachte Claire, während sie gegen die Versuchung ankämpfte ihm eine Ohrfeige zu verpassen. Aaron zu finden war jetzt wichtiger als diesen Idioten auf seinen Platz zu verweisen.

»Aaron Mendel. Hast du ihn gesehen?«, wiederholte sie mit all der Geduld, die sie aufbringen konnte.

»Ich glaube, ich habe ihn dort hinten gesehen«, sagte der Typ und deutete mit seinem Bier zu einem Flur nach rechts. »Aber das ist schon eine Weile her.«

»Danke«, rief Claire, während sie weiter in die Richtung ging, in die er gezeigt hatte. Zumindest wusste sie jetzt, dass Aaron bereits hier war.

Claire ging um die Ecke und lief zu ihrem Erstaunen geradewegs in eine sehr verblüfft aussehende Zoey.

»Was ist denn los?«, fragte Claire und blickte von Zoey hinüber in das Zimmer, aus dem Zoey gerade gekommen war.

Sie brauchte auf die Antwort nicht zu warten. Genau vor ihr knutschte Aaron mit irgendeiner Rothaarigen.